Lucía Puenzo
OS INVISÍVEIS

Lucía Puenzo
OS INVISÍVEIS

Traduzido por João Ricardo Milliet

1ª edição

"Obra editada no âmbito do Programa Sur de Apoio às Traduções do Ministério das Relações Exteriores, Comércio Internacional e Culto da República Argentina"

Rio de Janeiro, 2023

Copyright © Lucía Puenzo, 2018
"by arrangement with Literarische Agentur Mertin Inh.
Nicole Witt e. K., Frankfurt am Main, Germany".

Título original
Los invisibles

Tradução
João Ricardo Milliet

Copydesk e Revisão
Ligia Lopes Pereira Pinto

Editoração Eletrônica
Flex Estúdio

Design de capa
Carmen Torras - www.gabinetedeartes.com.br

Foto de capa
Sebastián Puenzo

Adequado ao novo acordo ortográfico da língua portuguesa

	CIP-BRASIL. CATALOGAÇÃO NA PUBLICAÇÃO SINDICATO NACIONAL DOS EDITORES DE LIVROS, RJ	
P973i		

	Puenzo, Lucía, 1976-
	   Os invisíveis / Lucía Puenzo ; tradução João Ricardo Milliet. - 1. ed. - Rio de Janeiro : Gryphus, 2023.
	   160 p. : il. ; 21 cm.	

	Tradução de: Los invisibles ISBN 978-65-86061-70-3	
23-85893	1. Ficção argentina. I. Milliet, João Ricardo. II. Título. CDD: 868.99323 CDU: 82-3(82)	

Meri Gleice Rodrigues de Souza - Bibliotecária - CRB-7/6439

Direitos para a língua portuguesa reservados, com exclusividade no Brasil para a
Gryphus Editora
Rua Major Rubens Vaz, 456 – Gávea – 22470-070
Rio de Janeiro – RJ – Tel: (0XX21)2533-2508
www.gryphus.com.br – e-mail: gryphus@gryphus.com.br

1

Antes que aparecessem pelo Once já tinham ouvido os boatos: andavam recrutando garotos para trabalhar o verão inteiro no Uruguai. A Baixinha foi seguida por vários quarteirões por uma senhora loura, antes de se virar para perguntar o que ela queria. Tinha visto a mulher na pizzaria onde separavam as sobras para eles todas as noites. A mulher quis saber se ela se interessava em trabalhar em outro país durante uns dois meses. Davam casa e comida. Sem se aproximar, a Baixinha perguntou a troco de quê.

– A mesma coisa que você faz aqui com o seu irmão e o outro moleque.

– E você lá sabe o que eu faço?

– A coisa das casas. Dizem que vocês são os melhores.

– Quem diz?

– O Guida.

Muitos seguranças privados da Zona Norte também se metiam com isso: chamavam os garotos toda vez que os donos das casas que eles cuidavam iam viajar ou passar o fim de semana fora da cidade. Os moleques que eram de confiança valiam ouro, sabiam entrar nas casas sem deixar rastros e não saíam falando por aí o que faziam.

Guida já tinha testado vários meninos, mas ninguém chegava aos pés do trio formado pela Baixinha, por Ismael e pelo Alho. Não havia casa em que os três não conseguissem entrar por alguma janela mal fechada. O Alho tinha seis anos mas era o mais hábil dos três, subia pelas paredes cobertas de trepadeiras com uma velocidade de homem-aranha. Era pequenino para a sua idade, embora tivesse o olhar de um homem adulto. No dia em que a Baixinha o apresentou, Guida pediu que levassem o menino dali. Era arriscado trabalhar com gente tão novinha.

– Eu comecei com você com nove.
– Não é igual a seis.
– Ele vai fazer o que eu disser – insistiu a Baixinha.
Guida olhou para o Alho de cima a baixo.

Fazia tempo que Ismael tinha dado uma esticada, e a Baixinha ganhou muitas curvas, as coisas começavam a ficar complicadas. A solução era contar com alguém que passasse por lugares impensáveis.

O Alho devolveu o olhar do segurança, firme como um soldado.

– Eu vou fazer o que ela disser – repetiu ele.
– Vai ter que provar.
– Se ele não servir a gente não traz mais – arrematou Ismael.

Guida concordou. Sabia de cabeça as fragilidades das casas e a rotina dos donos. Era a única coisa que fazia: observá-los. Se tinham cachorro, dava para os garotos uma bolsinha de carne moída na qual misturava calmantes. Se as casas tinham alarme, além da carne moída também dava uma outra bolsinha com cocô de gato. Nesse primeiro dia, o Alho entrou em um casarão inglês que ocupava um quarto de um quarteirão arborizado em Acassuso.

Entrou por um buraco que Guida havia detectado na cerca, uma abertura que devia ser invenção de alguma doninha bem alimentada. Como um contorcionista, passou o braço esquerdo, a cabeça e logo depois o tronco, empurrando o corpo, e não reclamou quando uma pontinha da cerca fez um corte no seu ombro. A Baixinha deixou claro que ele teria uma única oportunidade para impressionar Guida. Uma vez lá dentro, olhou o jardim cheio de árvores e respirou fundo.

As suas mãos suavam e a boca estava seca.

Abriu a bolsinha de carne moída e esperou.

Os pastores apareceram um instante depois: o mais velho fez um som estranho, mistura de rosnado e bocejo; o cachorro balançava o rabo antes de chegar mais perto... Em questão de segundos o Alho tinha os dois comendo na sua mão. Deu um assovio curto, como Ismael tinha orientado. Foi direto para os janelões que davam no jardim. Guida havia feito para ele um esboço precário da planta do primeiro andar. Procurava uma janelinha redonda do lavabo, com uns quarenta centímetros de diâmetro, a única sem grades, que os donos sempre deixavam entreaberta para ventilar. Os cães ficaram o tempo todo atrás dele, lambendo as suas mãos. Depois de alguns minutos, encontrou a janelinha: estava a três metros de altura e mal se podia vê-la por trás da trepadeira.

Deu dois assovios curtos antes de começar a subir.

Empurrou a janela com uma das mãos. Em meio à penumbra viu uns olhos amarelos que o observavam da porta do banheiro. Era um gato obeso e peludo.

Tinha a cabeça torcida para a direita, como se tentasse compreender o que estava acontecendo. Atrás, o Alho viu um corredor de carpete, quase do mesmo tom do pelo do gato.

– Gato veado – sussurrou o Alho – Sai fora.

Completou a frase com um som que imitava o gato mais apavorante do bairro dele, desses que deixam os cães aterrorizados. Antes mesmo de terminar, o animal já disparava escada acima. Lá dentro, o Alho tirou o tênis para pisar no carpete. Estava com meias quase coladas na pele, fazia semanas que ele não trocava. Franziu o nariz ao sentir um cheiro rançoso, que na mesma hora reconheceu ser dele próprio. Cinco minutos depois, abria a porta para a irmã com um sorriso triunfante. Fez tudo tão bem que na semana seguinte Guida pediu que o incluíssem no grupo.

– Agora: precisa tomar banho.
– O fedor não vai embora nem se jogar ele na água sanitária.
– Não importa, garota, dá um jeito.

O irmão dela comia dentes de alho como se fosse caramelo. A ideia de que o alho cura tudo tinha se enfiado na cabeça da avó deles. Ela fazia o neto chupar um dente de alho até dormir, enquanto lhe acariciava o cenho. Se ele se concentrasse, ainda conseguia sentir o indicador da sua vó desenhando círculos imaginários na sua testa. Nessa noite a Baixinha proibiu o irmão de voltar a botar um alho sequer na boca.

– É a condição pra você trabalhar.
– Mas...
– O que foi que a gente combinou?
– Ou eu trabalho ou eu volto pra casa.
– Escolhe.

As pupilas do irmão ficaram dilatadas com a ameaça. Era assim que eles chamavam: *a casa*. Tinham mais medo dela do que do inferno. Entregou um punhado de dentes de alho que tinha escondido na mochila e afundou na abstinência com a determinação de um fundamentalista. Ninguém o tiraria da rua, nem o separaria da sua irmã e de Ismael. Trocou um vício pelo outro: passou essa semana trepando nos vagões e pelas paredes da estação para esquecer aquele gostinho que era a única coisa que o acalmava. Quando voltaram para a Zona Norte, ele surpreendeu todo mundo escalando uma parede de tijolos que tinha uma claraboia a doze metros do chão. Guida viu a façanha da sua guarita, boquiaberto, pensando o que fazer com o corpo depois que o menino quebrasse o pescoço. Mas o Alho escalou com a destreza de um alpinista profissional e mergulhou de cabeça pela claraboia.

Em poucas semanas se transformou em um especialista.

Torcia para que o alarme da casa em que entrava disparasse: nessas ocasiões se agachava e se deslocava como um ninja, imaginando inimigos por todos os cantos. Escancarava uma janela, espalhava o cocô de gato em cima do carpete e se escondia. Escolhia os quartos dos filhos homens como esconderijo. Levava junto algum brinquedo para se distrair até escutar a porta da rua se abrindo, passos na escada e vozes.

A Baixinha lhe havia ensinado que esse era o sinal para ficar quieto como uma estátua. Guida sempre vasculhava a casa com os funcionários da empresa de segurança. Deixava outra pessoa descobrir a janela entreaberta e os rastros do gato que tinha entrado na casa e feito o alarme disparar. Ele mesmo se encarregava de limpar o cocô e fechar a janela. Antes de sair, ligava para o dono da casa diante dos funcionários da empresa, para tranquilizá-lo em face do alarme falso. Em dez ou quinze minutos a casa voltava a ficar em silêncio. O Alho contava até cem antes de sair do esconderijo e ia abrir para Ismael e a Baixinha.

Sempre repetiam a mesma coreografia.

Na cozinha, a irmã pegava uma faca, abria a geladeira e cortava umas fatias do que era permitido comer: o suficiente para ficar saciado sem ninguém perceber que eles tinham feito uma boquinha. Ismael e Alho esperavam, com os olhos vidrados no frango assado frio, nos restos de pastas, no pote com presunto cru, nos queijos e no doce de batata-doce. Quando a Baixinha acabava, eles agarravam as presas com as mãos. Passavam alguns minutos devorando o alimento em silêncio. Na despensa só tocavam no que estava aberto. Quando matavam a fome, limpavam os vestígios e deixavam tudo no lugar em que estava.

Depois se dividiam para a varredura da casa.

Os três tinham um acordo claro com Guida: só podiam levar miudezas. Se havia objetos de prata, não recolhiam mais que quatro ou cinco peças.

Das joias, uma.

E dessa forma com tudo: sempre em doses invisíveis.

O objetivo era que o roubo passasse despercebido.

Nos dias seguintes ao regresso os donos notariam aos poucos que faltavam objetos. Entretanto eles levariam semanas (ou até meses) para terminar de perceber tudo que faltava. Então não atribuíam a um roubo só. Quase sempre era sobre as empregadas domésticas que recaíam as suspeitas, acusações e demissões. Se passavam de um certo limite de tempo, Guida fazia o telefone da casa soar uma vez só para avisar que era hora de sair. Quando vinham para fora, ele os via se afastar pelos cantos das ruas, cada um por si. Não tinha contato com eles até uma semana depois. Com o seu Peugeot, ia buscar Ismael a alguns quarteirões do Once e os dois repartiam o butim ali mesmo, dentro do carro.

Guida sabia que os garotos pegavam mais do que admitiam, por isso exigia sempre a mesma coisa: quinze peças de valor por cada roubo. Havia se certificado de que Ismael e a Baixinha tivessem informação suficiente sobre ele para que não lhes passasse pela cabeça enganá-lo: sabiam que era um ex-policial, com amigos nas delegacias do Once e de Martínez. Tinham ouvido histórias do que se fazia com os moleques que abriam a boca. Antes de indicá-los para o trabalho no Uruguai, Guida fora ainda mais longe no teste: uma viatura parou a Baixinha a dois quarteirões de uma das casas que eles tinham roubado, depois o Alho, sentado do lado da banca de jornal onde dissera que esperaria a irmã, e depois Ismael, na plataforma da estação de Acassuso.

Pediram os documentos (que nenhum deles tinha), revistaram as mochilas e despejaram no capô da viatura os objetos que eles tinham surrupiado. Os garotos não mencionaram o nome de Guida nem confessaram de onde tinham tirado as peças de prata, o relógio, a correntinha de ouro branco e os tênis importados. O Alho ficou olhando para os policiais em silêncio quando perguntaram quem é que tinha dado para ele os brinquedos que estavam na mochila. Sabia de cor a cartilha do que devia dizer... Ismael e Baixinha já haviam passado meia dúzia de vezes por alojamentos onde eram fichados e averiguavam os seus antecedentes. Era a primeira detenção do Alho, mas as noites de ensaio com a Baixinha renderam frutos: respondeu com a combinação exata de respeito e total conhecimento dos seus direitos. Quinze minutos depois lhes falaram que podiam ir. Ismael disse com todas as letras enquanto eles voltavam de trem para o Once:

– Eles testaram a gente.

A Baixinha assentiu. Sabia que, não fosse isso, os policiais teriam reportado a detenção na mesma hora e eles estariam agora a caminho de algum instituto.

O Alho olhou para os dois, perdido.

– Que foi? Qual foi o teste?

– Nenhum, Alho.

– Mas eu fui bem, não fui?

– Muito bem.

– Eu ar-ra-sei – repetiu.

– Cala a boca e vai dormir.

Fechou os olhos, mas não conseguiu dormir durante toda a viagem de volta.

E não só pelo medo de ter estado frente a frente com um policial pela primeira vez. Tinha uma outra coisa acontecendo. No meio da noite, ele viu Ismael e Baixinha sussurrando no colchão que dividiam. Mas o mandaram ir dormir no canto dele quando perceberam que ele se aproximava. No dia seguinte, Guida ligou para avisá-los que os três garotos eram dos bons. Havia lhes mostrado a Baixinha alguns dias antes, apontando do carro parado na esquina. Tinham acertado quanto ficava para ele para abrir mão dos seus três melhores garotos durante o verão. Nem precisou fazer as contas: sairia ganhando.

Nessa mesma tarde a loura topava com a Baixinha.
– Te convido pra comer e te conto.
– Tô sem tempo agora.
– Um hambúrguer – insistiu.
A boca da Baixinha encheu de saliva.
Quando ergueu os olhos a loura já estava ao seu lado.

Em uma confeitaria do Once ela disse que – se eles aceitassem – tinham que estar às seis da manhã do dia seguinte em um embarcadouro do Puerto de Frutos do Tigre, no delta do rio Paraná. Iam atravessá-los de lancha até Carmelo, no Uruguai, e, de lá, por terra. Não terminou a frase. Pediu um hambúrguer para agora e dois para viagem. A Baixinha ficou esperando que a loura explicasse onde, quanto e como, enquanto ela olhava para o seu relógio. Ia se atrasar para o batismo do afilhado. Com um sinal, pediu a conta para o gerente, sorrindo para a garota com a doçura de uma mãe.
– Você já viu o mar?
Levantou sem dar tempo de mais perguntas.
– Se vocês aceitarem, vão conhecer o mar.
Colocou uma nota de cem pesos em cima da mesa.
– São quase umas férias – disse.
E se foi.
Ismael escutou a proposta em silêncio.
Quando o Alho perguntou o que era o Uruguai e como era o mar, ele acendeu um cigarro e se afastou até a porta do vagão abandonado onde eles dormiam havia mais de um ano. Sempre funcionava assim: a Baixinha era temerária, dizia sim para quase tudo. Ismael, ao contrário, desconfiava. Sentia cheiro de perigo a um quilômetro de distância.
– É igual o rio só que azul.

– Igual de grande?
– Mais. Tem tubarão – respondeu a Baixinha – E água-viva.
– Dá pra comer isso?
– Tudo dá pra comer. Elas têm uns cabelos que picam.
– A vó fazia bolinho disso tudo, lembra?
– Você tem que parar de falar da vó, Alho.
– Por quê?
– É foda.

Foi a única coisa que Ismael disse depois de ouvir a história da Baixinha com a loura. Ainda não tinha tocado no hambúrguer que ela colocara no seu colo. O Alho demorou trinta segundos até encontrar uma ofensa que fosse doer no outro. De repente achou e sorriu, triunfante.

– Ficar tendo aula de teatro também é foda.

Recuou quando viu que Ismael vinha para cima dele.

– Diz outra vez que eu arrombo o teu cu.
– Ficar tendo aula...

Tapou a boca antes de terminar a frase.

Gostava de ver Ismael zangado, mas com os outros.

Tinha tocado em um ponto sensível: apesar de não ter contado para ninguém, Ismael fazia aulas de teatro em um centro cultural de San Telmo. Aos nove anos, havia arrumado um trabalho limpando o piso e os banheiros de um cinema do Microcentro. Primeiro conseguiu que o lanterninha o deixasse limpar os vidros, depois o saguão e os banheiros. O velho também tinha interesse: o moleque o livrava do serviço mais pesado e a única coisa que pedia em troca era dormir nas poltronas do fundo. Lá dentro, Ismael podia descansar até as duas ou três da manhã sem tremer de frio nem ficar molhado. Também podia jantar, embora o cardápio fosse sempre o mesmo: o piso ficava cheio de pipoca, e a parte de baixo das poltronas, de chicletes que ainda tinham gosto se ele mascasse com força. Havia bandejas com restos de pizza, de cachorro-quente, de *queso fundido* endurecido igual uma lâmina de plástico. O lanterninha o acordava ao fim da última sessão. A essa hora faltava pouco para amanhecer, ele estava de pança cheia e com o corpo quentinho. Uma noite, despertou com o grito agudo de uma das protagonistas de "Alien". Foi a tempo de ver um bicho desagradável que arrancava as pernas e os braços de uma ruiva antes de tragá-la inteira. Ele nunca tinha assistido a um filme, e muito menos em tela grande. Agarrou o braço de um gordinho de cabelo encaracolado que assistia ao filme na sessão da meia-noite pela segunda vez. Perguntou para ele onde era isso, e o gordinho respondeu sem desviar o olhar: a quatrocentos quilômetros da Terra.

– Tá de sacanagem – Ismael retrucou, por mais que essa distância não lhe dissesse nada.

O gordinho se inclinou para frente, fazendo com que ele se afastasse. Ismael se afundou na poltrona, mas não fechou mais os olhos, nem essa noite, nem nenhuma outra. Observou o jeito que o bicho cuspia os ossos da sua presa. Aplaudiu ao ver o crânio ser cuspido. Ouviu um *chiu!* da parte da frente. O lanterninha tirou o garoto da sala e o enfiou no banheiro masculino.

– Você quer me meter em problema?

Ismael respondeu que não, ainda excitado pelas imagens.

– Esse bicho – balbuciou – ele existe?

O lanterninha olhou para ele primeiro desconcertado depois com uma ternura que havia décadas não sentia. Encontrou no garoto o depositário silencioso de uma cultura cinematográfica transbordante. Essa pergunta inocente abriu caminho para uma resposta que ele levou cinco anos respondendo: ela abarcou desde os aspectos mais técnicos até os mais filosóficos da realidade e da ficção. Quando terminou, Ismael tinha catorze e era um apaixonado por filmes de terror. E já tinha meses que vinha fazendo em segredo um curso de teatro que era dado pela sobrinha mais nova do lanterninha em um centro cultural de San Telmo. Foi onde conheceu a Baixinha, no banheiro. Estava com o rosto cheio de marcas de golpes, roxos pelo corpo, sangue seco na boca, raiva nos olhos e a roupa ainda molhada.

Ismael a levou até a casa do lanterninha, que morava a dois quarteirões do centro, onde de vez em quando, em troca de alguns bicos, o deixava tomar uma ducha. A Baixinha nunca contou de onde vinha e nem o que tinha acontecido com ela. Tampouco perguntou se podia se juntar a ele. Quando o lanterninha o chamou para levar a garota embora, ela o seguiu até a praça em que ele vivia, comeu das suas sobras e ficou em silêncio quando Ismael disse aos outros meninos que ela estava com ele.

Ismael tinha crescido naquela praça.

Chegou no Once mais novinho que o Alho, com uma adolescente de quinze anos que tinha sido a sua irmã e que depois era sua mãe, e que o abandonou lá mesmo dois meses mais tarde. Às vezes fechava os olhos e procurava a imagem dessa garota: lembrava do macacão que ela sempre estava vestindo e, mais do que o macacão, do cheiro que o macacão tinha, e de um riso que ele não gostava. Mais nada. A primeira vez que viu a Baixinha pensou que era ela. Estava tão enjoado com a mistura das coisas que tinha acabado de engolir que demorou para entender o seu engano: aquela que havia sido primeiro a irmã e depois a mãe já devia ter quase vinte anos e não os treze com que chegara à praça. Parou na frente da Baixinha e teve que se segurar no batente da porta para se manter de pé.

– Pode chorar, eu não vou com você.

Ela secou o catarro e olhou para ele, confusa de ver tanto amor e tanta raiva cintilando em olhos desconhecidos.

– Ouviu, garota?

Ismael ficou cócoras ao seu lado e empurrou o queixo dela para cima.

– Pode implorar... Eu vou ficar aqui.
A Baixinha o tirou de perto com um tranco.
– Sai pra lá, idiota.
Não foi a única vez que as confundiu.

Alguma coisa nos olhos e no cheiro da Baixinha o fazia voltar para essa outra garota. Ele se deu conta disso na primeira noite que dormiram juntos, pela mistura de emoções que sentiu entre uma trepada e outra. Quando ficava parado, com a cabeça apoiada nos peitos da Baixinha, escutando a respiração dos dois se acalmar aos poucos, não sabia mais se tinha três anos ou catorze, nem se aquela garota que o abraçava nua era a sua irmã, a sua mãe ou a que seria sua namorada daí a pouco. Mas se ela abraçava, ele dormia. E fazia anos que Ismael não dormia uma noite inteira.

– A gente não vai – decretou, depois de escutá-la.

Gostava da praça e do canto em que viviam. Os restaurantes os alimentavam. A polícia os deixava em paz. Ninguém se metia com eles.

– Eu quero ir – disse o Alho.
– Você não vota.
– Se você não for, a gente vai sozinho – interrompeu a Baixinha.

Estava mentindo. Não se animaria a participar de um esquema tão grande sem Ismael.

Todo mundo ouvia essas histórias... O médico que dava uma volta no Once procurando meninos. Oferecia casa e comida em troca de passar uma noite com ele.

As garotas que eles levavam para o Norte e que nunca voltavam. Os policiais que os usavam como bode expiatório. No meio da noite, a Baixinha sentiu o corpinho do Alho se esgueirando entre os dois. Estava tremendo. Deixou-o se aconchegar e voltou a dormir. De madrugada, o irmão a despertou com a mochila nas costas.

– Vamos?
– Sem o Ismael não.

Nesse domingo, Guida foi buscar o trio na praça. Deu umas duas voltas com o carro e freou ao ver o Alho abrindo as portas dos táxis em uma esquina. Puxou o carro um pouco para frente e fez um sinal para ele. O Alho assentiu e correu para avisar a irmã. Dez minutos depois os três entravam no bar onde Guida sempre os esperava, com uma pizza grande e três refrigerantes. Deixou os garotos aplacarem a fome por alguns segundos antes de abrir fogo.

– Vocês me fizeram ficar mal.
– Com quem?
– Com os meus amigos.

Fez um sinal para o garçom trazer mais uma cerveja.

– Eu indiquei vocês pro servicinho no Uruguai.

Preferiria não jogar de cara essa carta. Era sempre melhor que os moleques soubessem o menos possível sobre quem conhecia quem. Mas dessa vez eles precisavam de um empurrãozinho.

– Por que vocês não foram?

A Baixinha olhou para Ismael, que encolheu os ombros. Guida logo entendeu que ela queria ir, mas que ele hesitava.

– É gente de confiança. Vão ficar rodando com vocês pela costa, fazendo a mesma coisa que vocês fazem aqui. Nenhuma novidade, não tem surpresinha. São três meses e pronto. Não dá pra ser tão mané de perder essa chance... Vocês sabem quantos moleques matariam por uma proposta dessas?

Guida esperou. Ismael continuava a mastigar sem levantar os olhos. Mais precavido que todos os garotos que o segurança conhecia.

– Esse verão eu não vou estar aqui – insistiu.
– Vai pra onde?
– Não importa. O fato é que eu não vou estar. Vocês vão ficar sem trabalho. Por isso é que eu indiquei. Vocês não confiam em mim?

Ismael fez que sim com a cabeça, sem olhar para ele.
– Certeza?
– Sim.
– Então olha pra mim.
Esperou alguns segundos, sustentando o olhar do garoto.
– Eles pagam mil por mês, por cabeça. Posso arranjar de eles darem a grana pra mim e vocês passam pra buscar quando voltarem. Os três juntos ficam com nove paus no bolso.

Ismael terminou a pizza em silêncio. Guida, a cerveja. A Baixinha já não comia, fazia força para olhar para ele. *Nove paus*, pensava. Já tinha planos para tudo o que fariam com aquela grana. Não respirou até escutar a pergunta de Ismael:
– Como vão cruzar o rio com a gente?

Bingo, pensou Guida.

Mas não sorriu, nem sequer mexeu os olhos.
– Eu levo vocês até o Tigre.
– Quando?
– Agora.
– Como assim agora? – perguntou a Baixinha.
– Vocês acham que é fácil fazer menores sem documento cruzarem o rio? É quase impossível. Eu falo *quase* porque nós não somos um bando improvisado. A gente já riscou da lista as embarcações maiores, Colônia, Montevidéu, atravessar vocês por terra, de avião nem se fala... Mas graças a Deus existe o delta.
– O que é o delta? – perguntou o Alho.

Guida não respondeu, nem chegou a olhar para ele.
– Se vocês fizerem o que eu disser, vocês vão cruzar o rio – disse para Ismael.

Pegou a caneta que estava no bolso da sua camisa, apanhou um guardanapo e desenhou uma coisa que deveria ser um cais com várias lanchas.
– Embarcar no porto do Tigre é impossível. Viajar junto com passageiro também. Então vocês vão por aqui.

Cravou a ponta da caneta em um dos ovinhos desenhados, com tanto ímpeto que o Alho deu um pulo na cadeira. Mesmo que fingisse ser um profissional, sentia uma vertigem que o seu corpo mal suportava.

– No teto. No meio das malas.

Quando viu que uma mulher olhava para eles, começou a falar mais baixo.

– Chegar até lá também não vai ser fácil. No porto tem a prefeitura naval. As lanchas são baixas. O teto fica muito exposto. Eles param as lanchas uma do lado da outra. Taí a chave. O que foi que eu ensinei a vocês?

– Sempre tem uma fragilidade – disse a Baixinha.

Guida concordou.

– Sempre, e aqui é o teto. Eles param as lanchas coladinhas e paralelas à terra. O pessoal vai saltando de uma pra outra pra manobrar. Vocês vão estar escondidos. Tenho um amigo que é condutor desse barco, que vai esperar a gente às oito a alguns quilômetros do porto. Vai estacionar a lancha do lado de outra que parte cedinho rumo a Nueva Palmira. Quando amanhecer vocês vão escutar o movimento. A lancha coladinha na de vocês, pra esquerda, vai começar a encher. Na parte de baixo, de passageiros, na de cima, de bagagens. Vocês vão esperar, quietinhos, deitados de barriga pra baixo, sem se mexer, sem falar nada. Quando todo mundo terminar de embarcar o condutor vai ligar o motor. Esse é o sinal pra vocês passarem de um barco pro outro. Vocês fazem isso em silêncio, rápido, do jeito que vocês sabem. Deita no teto do outro barco e espera.

– Quanto tempo dura a viagem? – perguntou Ismael.

– Três horas. Quando chegar em Nueva Palmira vocês não fazem nada. O cara que desce as malas vai saber que vocês estão ali. Ele vai ver vocês, mas não vai abrir a boca. Vocês vão ficar no mesmo lugar até escurecer. Quando a noite já estiver um breu, vocês vão escutar o motor de uma picape.

Eles vão parar a cem metros da lancha e piscar o farol pra vocês. Esse é o sinal pra vocês descerem.

Ismael assentiu.

– E depois?

– Eles vão explicar como vai ser depois.

Levantou e esticou as pernas.

– Vou pagar. Vocês pensem aí, conversem. Vou voltar e vocês dizem sim ou não.

Andou até o banheiro saboreando o negócio que tinha fechado em uma sentada: a sua parte para subir aqueles garotos na lancha era dez vezes a deles.

– Mas por que tudo assim tão rápido? – perguntou a Baixinha.

– Pra gente não falar com ninguém.

Ismael respondeu com o olhar preso na pizza que esfriava diante dos seus olhos. Era sempre igual: sentia cheiro de perigo, imaginava o que estava por vir, queria correr na direção contrária e caminhava direto para o desastre.

2

Nada foi tão simples como na descrição de Guida.
    O condutor da lancha teve certeza de que eles iam passar mal no instante em que os viu aparecer no cais onde os esperava, a dez quilômetros do porto do Tigre. Usavam tênis de lona – o mais novinho sem meia – e uns casacos finos, nenhum deles impermeável. Uma ventania começava a ser armar. O ar estava úmido; o rio mexido. O homem buscou umas sogas que tinha na cabine e deu para Ismael.
    – Se complicar, amarra primeiro eles e depois você.
    – Se complicar o quê?
    O homem olhou para a Baixinha, desconcertado com a ingenuidade da pergunta. Que o seu primo fosse um delinquente não era novidade. Mas não esperava três moleques tão verdes. Se eles estavam ali é porque tinham sido testados. A excitação do menorzinho, que olhava para a lancha como se fosse um parque de diversões, dava dó. Além das sogas, buscou duas lonas e um cobertor. Subiu com eles no teto, fez o Alho se deitar de barriga para baixo e ensinou Ismael a fazer um nó de marinheiro. Deu instruções em caso de chuva, vento e sol.

Esteve a ponto de dizer ao primo que aqueles moleques não iam chegar vivos em Nueva Palmira. Mas conhecia o homem, devia favores e sabia que era melhor não se meter. Fora isso, não era a primeira vez que se equivocava: todos os menores que o outro tinha trazido no último mês pareciam mais frágeis do que eram. Dos dez que ele havia feito cruzar o rio, só uma menina caiu do barco durante uma tempestade que os engoliu chegando no Uruguai. As outras duas que viajavam com ela deixaram a companheira afundar como uma pedra sem soltar um pio, como lhes tinham advertido. Nessa mesma semana um moleque havia vomitado a viagem inteira, os passageiros perceberam, um deles subiu no teto e encontrou quatro menores deitados de barriga para baixo. A lancha informou à prefeitura naval e deu meia-volta.

No cais do Tigre, os guardas estavam esperando a embarcação.

No entanto, mesmo apertando as crianças como se elas fossem adultas, ninguém abriu a boca. E mesmo que abrissem, não conheciam o nome verdadeiro do seu primo. Ele usava um sobrenome diferente com cada grupelho de garotos.

Parado no cais, Guida ficou olhando o trio se afastar. Assoviava baixinho, comemorando a maré de sorte. A parte dele no negócio terminava ali: trinta paus por cada moleque que mandava para o Uruguai. Tinha despachado quase uma dúzia esse mês. Era um bom momento para tirar o time de campo e sair de férias. Sempre usava a mesma estratégia: uma vez por ano pedia mudança de guarita. Molhava bem a mão da supervisora para que ela o trocasse de bairro sem fazer perguntas. Sem contar que tinha investido uma pequena fortuna no motelzinho em Quilmes onde a levava duas vezes por semana.

Ele não era o único que ficava em constante movimento: também rodava os moleques. Depois de usá-los alguns meses, inventava algum bico para eles no interior, para fazer com que sumissem do mapa por um tempo. Esse era o outro motivo pelo qual queria que o trio viajasse: era impossível que eles não abrissem a boca. Até os mais disciplinados deixavam escapar alguma coisa para outros garotos quando tiravam material para si. Ele já tinha usado esses três mais do que o habitual. E tinha quebrado uma das suas regras: não usar moleque novinho demais.

O Alho era uma bomba-relógio.

Sorriu ao vê-lo sentado no teto do barco, observando fascinado o delta que se abria diante dos seus olhos. Com sorte, não voltaria a encontrá-los. Chuviscava quando o condutor estacionou a lancha no porto do Tigre, colada na embarcação que partia no dia seguinte rumo a Nueva Palmira. A direção do vento e o jeito que o rio estava mexido antecipavam uma tempestade. A cor da água confirmava que ela seria forte. Deitado de barriga para baixo no teto, Ismael viu o homem se afastar pelo cais, cumprimentando os outros poucos que terminavam de amarrar os seus barcos para ir embora antes de começar o temporal. O único que ficaria ali era um guarda do porto, já entrincheirado na sua guarita e sem intenção de sair até o dia seguinte. Vendo que o Alho, ainda deitado de bruços, ficava deslizando pelo teto escorregadio com cada vaivém da lancha, obedeceu ao pé da letra as instruções do condutor: fez os outros dois se segurarem na balaustrada, deitados de barriga para baixo, e atou primeiro as mãos do Alho e depois as da Baixinha. Repetiu o procedimento com os pés de ambos, que ele prendeu na balaustrada oposta com a mesma força. Enrolou-os no cobertor e, por último, cobriu os dois com as lonas. O Alho não reclamou, tão dócil quanto assustado. Ali onde estava, ensopado, aturdido pelos próprios dentes rangentes e pelos golpes das ondas contra a lancha, com o rosto colado no teto, a visão limitada pela lona que os cobria por completo, o horizonte enlouquecido, subindo e descendo (agora o céu, agora o rio) de um jeito cada vez mais violento, a claustrofobia enlouquecida com as amarras que o imobilizavam... sentiu um nó na garganta, o queixo começando a fazer biquinho. Esticou o pescoço para espiar a irmã e a encontrou com o cenho franzido, resistindo com os olhos secos, vidrados em algum ponto imaginário do passado, como fazia sempre que as coisas apertavam.

– Quero ir embora – sussurrou.

Mas a Baixinha não escutou, havia ruídos demais ao redor. Então o Alho fez o de sempre: fechou os olhos e pensou na sua vó. Foi mais difícil que outras vezes, tão intenso que era o coquetel de náuseas e de medo que ele tinha na barriga, mas em algum momento sentiu o dedo da sua vó fazendo carinho na testa.

Quando acordou já não chovia.

Sentiu um peso sobre as costas, mas demorou para entender que era a lona carregada de água da chuva que o abraçava como uma das águas-vivas gigantes que ele conheceria quando chegasse. Vinha sonhando com esses bichos desde que a Baixinha os descrevera.

Imaginava que elas eram enormes, sem cara nem forma, com tentáculos de polvo que o arrastavam para o fundo do mar. Tinha mais medo das águas-vivas que dos tubarões. Virou a cabeça e viu a Baixinha, tão esmagada quanto ele. A irmã fez um sinal para que ele ficasse calado.

Embaixo havia movimento, vozes.

O rio estava calmo.

Amanhecia.

Os primeiros passageiros iam subindo na lancha da esquerda, colada na deles, como Guida tinha previsto. Por causa do temporal, haviam amarrado várias barcos entre si. Estavam tão próximos que uma bolsa passou direto e caiu em cima da lona que cobria a Baixinha, jogando água em todas as direções. Ela fechou os olhos e conteve um gemido de dor. Na mesma hora, um homem subiu no teto. Apanhou a bolsa e a acomodou onde devia ficar. Debaixo das lonas Ismael, a Baixinha e o Alho prenderam a respiração. Agora o homem estava de costas, arrumando as bagagens que arremessavam para ele lá de baixo. Quando terminou, amarrou a pequena montanha de malas com um par de sogas e desceu a coberta. O condutor ligou o motor. Era o sinal para saltar de uma lancha para a outra. Ismael apareceu entre os outros dois, rastejando de bruços sob as lonas. Poderia ter parado de cócoras que do cais ninguém os veria, de tão ocultos que estavam atrás das bagagens empilhadas no teto do outro barco. Desfez os nós a toda velocidade. As suas mãos tremiam, ataratadas depois de horas de imobilidade. Sacou uma navalha para cortar as sogas mais depressa.

A outra lancha terminava de aquecer o motor. A primeira a saltar foi a Baixinha. O Alho se lançou de cabeça atrás dela, kamikaze como sempre. Gostava de dizer que era mais safo que uma ratazana. Mal tocou no outro teto e já escapulia por entre os túneis da montanha de bagagens. Ismael pulou por último, com o barco em movimento. Quando a lancha se separou do resto da fileira, nada parecia fora do normal.

Dali a alguns minutos, partiam rumo ao Uruguai.

O Alho virou a fuça para cima, para sentir o sol na cara. Ismael e Baixinha já não se escondiam. Ninguém ia subir no teto durante a viagem. Tiraram a roupa, botaram para secar no sol. O Alho imitou os mais velhos, feliz de arrancar as camadas de tecido coladas na sua pele. Em pouco tempo, estavam os três de roupa de baixo, deixando o sol expulsasse o frio. Jamais haviam saído da cidade. O mais parecido com o delta que o Alho e a Baixinha conheciam eram as margens do rio Riachuelo, a poucos metros do casebre em que eles cresceram. Aquele lixão aquático tinha sido o parquinho do Alho: foi onde aprendeu a nadar, a caçar tesouros nos montes de lixo e onde entre uma intoxicação e outra se transformou em um especialista na arte de matar ratos e doninhas.

Esta paisagem era diferente.

O rio era estreito e nas margens, selvagens, havia apenas vestígios de lixo. A água, da cor de leite achocolatado, estava limpa. O Alho se pôs a contar as casinhas erguidas sobre palafitas que descobria entre as árvores. Quase todas tinham embarcadouros.

Em um deles, duas meninas estavam prestes a pular no rio. Outras batiam os braços dentro d'água, dando gritinhos enquanto furavam as ondas que a lancha fazia ao passar perto. Uma delas viu os três no teto, quase pelados; mostrou para as outras com um grito (*Olha, gente!*) que os deixou alarmados. No reflexo, Ismael e a Baixinha se esconderam de novo. O Alho, ao contrário, devolveu o aceno, se ergueu com um salto e, respondendo ao pedido que as quatro cantaram batendo palmas do deque (*Vai, balança a bundinha! Se não quiser cair na água!*), ficou de costas para rebolar o bumbum, exagerando, como faziam as garotas na TV. Atônito, Ismael o agarrou pelo pescoço e o enfiou no vão onde eles estavam escondidos.

– O que você tá fazendo, mané?!
– Elas falaram com a gente!

O barulho do motor e das ondas se chocando contra a lancha era tão alto que eles podiam gritar sem medo de serem ouvidos.

– Você acha que a gente veio aqui pra tirar férias?!
– Me solta!

Em meio à briga, uma das malas ficou prestes a cair na água. A Baixinha a agarrou bem na hora, lançando-se com tanta coragem que ela própria quase cairia na água se Ismael não a tivesse segurado pelo cabelo. O susto fez os três se recolherem outra vez entre as bagagens, quietos e calmos. Estavam com fome. Durante um bom tempo, ficaram abrindo os fechos e os bolsos das malas sem cadeado com uma destreza profissional.

A Baixinha colocou uma regata e tênis novos. O Alho encontrou uma jaqueta, um gorrinho do San Lorenzo, um maço de cigarros, dois isqueiros e um pacote de mate, que ele guardou de volta porque era roubo demais para uma mala só. Ismael usou a navalha para furar com cuidado uma caixa que estava fechada de um modo precário, apenas com uma tira simples. Fez um corte de poucos centímetros, suficiente para a mão do Alho conseguir entrar. Ele remexeu o interior da caixa, tateando o seu conteúdo com a calma de um cirurgião que examina um corpo prestes a ser operado.

– Comida – sentenciou o Alho. – Pacote e lata.

Cedeu o lugar para a Baixinha, a única que tinha unhas longas. Com modos de especialista, a irmã arrancou o pedacinho de tira que envolvia o corte, ampliando a abertura o suficiente para que o Alho retirasse dali três latas (palmito, feijão e atum) e dois pacotes de biscoito. Voltaram a fechar a caixa de uma forma que não era possível notar a sabotagem a menos que se observasse com atenção. Ismael abriu a lata enquanto a Baixinha distribuía os biscoitos. Comeram depressa, sem falar. Em outra mala, o Alho encontrou duas garrafas de vinho tinto. Mas Ismael o mandou pôr de volta no lugar. Eles precisaram estar bem alertas quando chegassem. Ele próprio podia tomar o que fosse sem ficar tonto. Mas dois litros de álcool era o bastante para nocautear a Baixinha e o Alho durante umas duas horas. Só por esporte, Ismael começou a brincar com a fechadura de um cadeadinho que ele seria capaz de romper com os dentes. Lá dentro, entre revistas de futebol e roupas de treino, encontrou uma pequena câmera fotográfica.

Pelas regras com que eles operavam, aquilo era mais que uma miudeza. Guida não teria aprovado. Mas agora os três já não dependiam da aprovação dele. Guardou a câmera no bolso de uma jaqueta que pegara de outra bagagem. Quando se virou, viu que a Baixinha e o Alho – vestidos da cabeça aos pés com roupas alheias – continuavam a forçar fechaduras e revolver as malas, já por puro vício.

– Acabou – disse – Mais nada.

A ordem lhes trouxe de volta do transe rapineiro.

Ismael os havia treinado para obedecer. A Baixinha abriu o maço de cigarros, acendeu três e distribuiu. Era uma maneira de se acalmar. Para o Alho, a nicotina mais parecia com uma chupeta. Deixou o irmão se afastar para um outro vão entre as bagagens onde só ele conseguia entrar. Encurralado entre as malas, deu uma tragada longa e espiou a paisagem que dava para ver daquele cantinho. A margem já não estava tão perto, agora o rio era mais largo. Nunca tinha visto um horizonte tão aberto. Viu dois barcos gigantes ao longe. Mais longe ainda, uma coisa que parecia a outra margem. A monotonia do barulho (mistura de motor, ondas e aves) foi sedando o seu corpo aos poucos, enquanto o fumo o acariciava por dentro e ele entrava em uma queda de braço com as suas pálpebras, que não se importou de perder.

Chegaram em Nueva Palmira ao meio-dia.

O sol estava a pino. A Baixinha acordou com três buzinadas da lancha. Um outro barco passou perto, na direção oposta. Os condutores trocaram saudações e frases pouco edificantes que se recortaram por cima do motor, pelo entusiasmo desmedido com que foram gritadas.

Na costa, viu os contornos de várias fábricas, montanhas de contêineres, um calçadão de cimento sem movimento, uma franja de praia com guarda-sóis coloridos. Deteve o olhar no cais para o qual eles se dirigiam. Era a parte mais perigosa da viagem. Acordou os outros e os três se deitaram no lugar onde o amigo de Guida havia indicado: escondidos de barriga para baixo no meio das malas. A Baixinha pôs o braço sobre as costas do Alho e sussurrou no ouvido dele o que ia acontecer, enquanto a lancha diminuía a velocidade ao se aproximar do porto: o homem que daqui a pouco subiria no teto para descer as malas ia ver os três, mas não ia falar nada... Ele não tinha que se assustar nem se mexer, mesmo que o homem o olhasse bem nos olhos. O Alho assentiu, se fazendo de experiente.

– Eu sou novinho, garota, não burro – debochou.

Mas as suas pernas estavam tremendo quando o condutor interrompeu o ronco do velho motor que os havia atordoado naquelas últimas horas. No mesmo instante, as vozes dos passageiros passaram para o primeiro plano. Excitados, prestes a iniciar as férias, pareciam ser mais do que eram. Desceram depressa, resistindo à vontade de se atropelar. Em poucos minutos, já não havia mais ninguém a bordo. Um encarregado subiu no teto e começou a jogar as malas para outro que apanhava embaixo, empilhando os volumes em um carrinho. Escondido debaixo da irmã, o Alho escutou a voz do homem chegando mais perto à medida que ele ia tirando as peças daquela montanha de bagagens. Mais uma mala e ficou cara a cara com a Baixinha.

– E afinal ela te deu naquela noite, Gringo?!

Gritaram lá debaixo.

O homem continuou a olhar para ela.

– Nem te conto! Que moreninha endiabrada!

Ele se agachou para pegar a mala que estava entre as pernas da Baixinha. Ela não se mexeu, mansa, com o Alho encolhido nos braços, de rosto para baixo. Viu que gostava do joguinho que fazia, porque o homem sorriu para ela enquanto detalhava:

– Quinze anos devia ter!

Foi até um par de caixas, que deixaram Ismael descoberto. Parou quando viu a navalha que o moleque tinha na mão. Levantou para gritar para o condutor:

– Bem pretinha, do jeito que eu gosto.

O Alho quis virar a cabeça para ver o que estava acontecendo, mas a Baixinha apertou o irmão contra o corpo e impediu que ele visse o seu rosto. O homem jogou as últimas malas para o outro encarregado que esperava embaixo, deixando o trio completamente exposto, e mais indefeso do que nunca.

– Tinha um rosto de menininha ainda!

Lá embaixo, nada parecia fora do normal. E a atitude do homem não levantou suspeitas. Ele cobriu o teto com uma lona, que passou com naturalidade por cima dos três corpos. Prendeu-a por vários cantos e desceu assoviando pela escadinha. Escutaram os empregados se afastarem, planejando o programa daquela noite enquanto empurravam o carrinho com as bagagens. A Baixinha soltou o ar devagar: o olhar do homem tinha gelado o seu sangue. Estava acostumada a fazerem o que queriam com ela, mais cedo ou mais tarde.

O resto do dia foi uma eternidade.

Fazia catorze horas que esperavam, estavam com os corpos entorpecidos. Ficar quieto o resto desse dia foi mais difícil que na noite da tempestade; mais que passar frio, fome e sono. Atada rente ao teto, a lona permitia que eles vissem apenas uns dez centímetros por cima das suas cabeças. O Alho implorou para que o deixassem descer para fazer xixi na praia. Valia qualquer desculpa para não sentir aquele balanço nauseabundo. Tapou a boca quando viu que a irmã fazia xixi ali mesmo, deitada de bruços com a cabeça colada no teto, lavando as janelas dianteiras do barco com o secreto deleite de deixar a sua marca invisível.

O Alho fez igual.

Depois, para escapar do próprio corpo, se dedicou a espiar o porto pelas frestas. Viu barcos que chegavam e partiam, cada vez mais espaçados, até que às seis da tarde não houve mais movimento. Essas últimas horas foram as piores, já não tinham mais por que ficar ali.

Mas Ismael sabia que eles estavam sendo observados.

Que a sua disciplina era avaliada.

Anos de prática com Guida tinham ensinado a ele que a primeira impressão é fundamental. Prestes a dar um soco para calar o mantra do Alho, que havia uma hora repetia a mesma coisa (*quero sair daqui, quero sair daqui, quero sair daqui*), se lembrou da garrafa de vinho que escondera na mochila. Enfiou a navalha na rolha, abriu e passou para os outros.

    O álcool, combinado ao imobilismo, às barrigas vazias e ao vaivém monótono da lancha, foi pouco a pouco sedando o trio. A Baixinha mergulhou no sono com a memória dos olhos daquele homem e a certeza de que aceitar a viagem tinha sido um erro.

3

Acordou cegada pelos faróis de uma picape. Levantou a lona para confirmar que eram eles. Um homem desceu do veículo, estacionado a uns cem metros do cais. Deu um assovio curto; um comando agudo e autoritário. Tudo acontecia como Guida adiantara. A Baixinha ajudou o Alho a se sentar, fechou a jaqueta dele, ajeitou o gorrinho. Viu nos seus olhos a confusão total de noites e dias e tetos e rios. Muito de vez em quando se lembrava do quanto ele era novinho. Mas o Alho não reclamou, tão acostumado quanto ela ao caos e ao desenraizamento. Desceram pela escadinha que dava para o cais. Ismael alguns passos na frente. O porto estava engolido pela noite, apenas se viam ao longe uns brilhos que iluminavam a curva do calçadão deserto.

– Bora! Rebolando que já tá tarde!

A Baixinha reconheceu a voz: era o mesmo homem que tinha descido as malas do teto. Sem tirar os olhos do chão e sem soltar o irmão, seguiu Ismael até a caçamba da picape, onde havia dois pastores. O homem indicou que eles subissem e não disse mais nenhuma palavra, nem mesmo o nome.

Dentro da escuridão, o Alho escutou a respiração ofegante

dos cães e se acomodou o mais longe que pôde, usando a irmã de escudo como fazia sempre que sentia cheiro de perigo. Um segundo homem, que estava ao volante, virou apenas a cabeça para a janelinha da cabine que dava para a caçamba para mandar os cães (ou todos eles) ficarem quietos. Tinha uma cicatriz que cruzava o pescoço de um lado a outro, bem em cima do pomo de adão. Os bichos obedeceram na mesma hora, os garotos também. O homem da cicatriz fechou a janela e voltou a olhar para frente, enquanto acelerava, saindo da avenida costeira em direção a uma estrada de terra. Ismael estava acostumado que esses deslocamentos fossem feitos de noite, sem ver rostos, nem o trajeto, nem o carro, nem a placa, sem fazer perguntas, quase sem escutar as vozes. Quando – um bom tempo depois – a picape parou em um casebre no meio do nada, os três estavam tão desorientados, famintos e exaustos que mal conseguiam se manter de pé.

Abriram a caçamba da picape.

Os cães desceram primeiro, saltando com a segurança de quem conhece o terreno de memória. A Baixinha sentiu a mãozinha do Alho na sua e a apertou com força, enquanto eles seguiam o homem até o único foco de luz: uma janela pequena que parecia suspensa no ar, a uns cem metros de distância. Vários outros cães vieram correndo. Um grito do homem bastou para acalmar a matilha. Calaram-se com a disciplina de um coro bem ensaiado, farejando o trio de recém-chegados com uma ferocidade apenas contida.

Uma mulher grandona, idêntica ao homem na constituição física e no andar, saiu para recebê-los.

– Pensei que vocês não vinham mais hoje.
– A gente se atrasou, tia.
– São quantos?
– Três.
– Dia?
– Noite. Uma só.

Sacou um maço de notas e deu para a mulher.
– Às cinco eu venho buscar.
– Tá certo menino, pode ficar tranquilo.

Só quando a picape ligou o motor e acendeu o farol alto é que Ismael conseguiu ver onde eles estavam. Era um campo ondulado, diferente do que tinha conhecido na Argentina na única vez que saiu da cidade. Não havia nenhuma outra casa em um raio de quilômetros. Viu uns currais, alguns cavalos, cachorros magricelas, um carro sem rodas, um balanço pendurado nos galhos pelados de uma árvore, um triciclo. Uma casa humilde, pequena, com um galpão de ferramentas atrás. A Baixinha não poderia se importar menos com o lugar em que estavam: respirou aliviada ao ver que o homem ia embora. Na mesma hora, sentiu o focinho de um dos cães entre as suas pernas, farejando-a, excitado. O homem tirou o cachorro de perto agarrando o bicho pelo pescoço (*Isso não é pro seu bico, Negro*, disse baixinho) com uma violência que o fez sair em disparada para a picape. O homem se despediu da mulher com um beijo e foi partindo, não sem antes olhar para ela com os mesmos olhos do barco.

A gente se vê já, já, parecia dizer.

A Baixinha deu um passo para trás, mesmo sabendo que não tinha para onde fugir.

O interior da casa cheirava a ensopado e amônia.

Na mesa, duas garotas de uns doze ou treze anos terminavam de jantar. Ergueram o rosto ao vê-los entrar, sem parar de comer. Estavam com a pele queimada de sol. Eram louras de olhos claros e, mesmo sem se moverem nem falarem, tinham um aspecto terrível. O cheiro vinha da cabeça delas, estavam com as raízes cheias de tinta.

No cômodo ao lado, separado da cozinha por uma cortina de tiras vermelhas, Ismael viu um homem e dois adolescentes assistindo a um concurso de dança na televisão.

– Os nomes – disse a mulher.

Ismael respondeu pelos três.

A mulher sorriu quando escutou os apelidos.

– Eu sou a tia. Vocês vão me chamar assim de agora em diante. Se alguém perguntar onde vocês moram, vocês vão dizer assim: estão passando o verão com a tia, perto de Maldonado.

Olhou para o Alho:

– Com quem você mora?

O Alho demorou um instante até entender que era um teste.

– Com a tia.

– *Minha* tia.

– *Minha* tia. Perto de Maldonado.

– Tá bom. Nesta casa nós temos algumas regras: a minha família come primeiro. Vocês não se dirigem aos meus filhos, nem ao meu marido. Vão fazer de conta que eles não existem. Nós dormimos aqui e vocês no galpão. Cada grupo tem a sua rotina.

Apontou para as garotas:

– Elas trabalham de dia. Vocês vão trabalhar de noite, se é que vocês vão ficar aqui mais de uma noite. De modo que vocês quase não vão se ver. Não se fazem perguntas, entendido?

Eles fizeram que sim, os três, seguindo com os olhos as colheradas de ensopado indo dos pratos para as bocas.

A mulher serviu três pratos.

Durante alguns minutos, os cinco menores comeram em silêncio, com um duelo mudo de olhares. Oprimido pela intensidade da loura mais nova, o Alho enterrou os olhos no prato. Na mesma hora, sem deixar de comer, a garota desviou o olhar para a Baixinha. Ficou surpresa ao encontrar uma oponente que a esperava tranquila, desafiante, sem piscar, comendo no mesmo ritmo. Ismael se encarregou de mostrar para a loura mais velha quem é que mandava. Incomodou tanto a garota que fez com que ela desviasse o olhar para a mulher.

— Estava uma delícia, tia — disse, se levantando para lavar o prato.

— Fico feliz.

Aproximou-se da menorzinha para examinar o efeito da tinta com a ponta do dedo indicador.

— Isso aqui já tá bom. Vão enxaguar.

As louras terminaram de lavar os pratos e saíram dando boa noite. Do outro cômodo, vinham de tempos em tempos as gargalhadas desmedidas que festejavam com um fanatismo de torcida organizada cada comentário do apresentador.

A mulher acendeu um cigarro e parou na porta para ouvir a pontuação que o jurado daria para uma participante. O Alho fez menção de se levantar para ver, ele também, o que estava acontecendo com a Grega, uma vedete que era o seu amor impossível, tão operada que parecia uma boneca inflável. Assistia à dançarina todas as noites na televisão da pizzaria, vibrando com as imundícies que os cozinheiros e os garçons gritavam para ela. A Baixinha apertou o braço dele contra a mesa. Mesmo tendo terminado de comer, eles esperaram que a mulher lhes desse um rolinho de lençóis, cobertores e toalhas (tão velhos e gastos que todos juntos não davam um só). Mandou que a seguissem com um movimento de cabeça semelhante ao que usava para calar os cães. Deram a volta na casa e atravessaram um trecho de pasto alto. Completamente grogue de cansaço, o Alho tinha começado a rir por qualquer coisa já durante o jantar. Era o único que não estava de calça, e as cócegas que o capim fazia contra a sua pele foram irresistíveis. A mulher deu meia-volta e apontou para ele o facho da lanterna. Primeiro para ele, depois para os mais velhos, preocupada.

— Ele tá bêbado?

— Cansado — respondeu a Baixinha.

Mas o riso não parava, pelo contrário, ia se transformando em um grito descontrolado, muito próximo de um lamento em língua estranha, tanto que a mulher apontou de novo para ele, para observar o fenômeno. O Alho tapou a boca com a mão e tentou se calar, mas o surto só aumentou.

– Desculpa – disse, se engasgando no próprio riso.

– Essa criancinha compreende o que vocês vieram fazer aqui?

Ismael, melhor que qualquer resposta, lhe deu um golpe na nuca que o arremessou contra o estômago da irmã, silenciando-o à força.

– Sim, senhora, ele sabe bem.

– Tia. Não entendeu o que eu disse lá dentro?

– Sim, tia.

A mulher ficou observando-os por alguns segundos sem piscar, apontando a lanterna para eles. Tinha um brilho nos olhos que era, de repente, tão terrível quanto o do homem que os havia levado até ali.

Alguma coisa cheirava mal para ela.

Já chamara a sua atenção que tivessem atravessado um tão novinho, era raro eles terem menos de dez. A Baixinha trocou um olhar com Ismael: tudo podia terminar bem ali, por causa de um passo em falso. Cravou as unhas na mão esquerda do Alho com tanta ferocidade que a dor o resgatou do riso, e o emudeceu. A mulher esteve a ponto de pegar o celular ali mesmo, para dizer ao sobrinho que os moleques não eram dos bons. Tinha um faro infalível, o que ela dizia era lei.

Alguma coisa nos olhos daquela criancinha lhe deu dó.

Deu meia-volta e continuou a caminhar em direção ao galpão, tão grande foi o estupor que o sentimento esquecido havia provocado nela. Mas em segundos a ternura tinha evaporado; quando parou diante da porta do galpão, cinquenta metros à frente, eles já eram para ela a mesma coisa de sempre: um número. Abriu a porta e ergueu a lanterna para indicar várias beliches.

– Vocês vão dormir aí – disse.

Alguns risos fizeram a mulher desviar a lanterna para o lado de fora: a poucos metros do galpão, uma das louras enxaguava a cabeça da outra com um balde de plástico. A menor estava com a cabeça cheia de espuma, jogada para frente, a maior com um cigarro pendurado no lábio; as duas estavam descalças no piso de terra, de tops e jeans.

– Acelerem aí que eu vou fechar – disse a mulher, em tom monocórdio.

Não havia emoção nem irritação na voz dela. Cumpria aquele papel no automático, sem deixar nada ganhar muita importância. Apontou um cubículo de madeira em um canto separado. Esperou todos os cinco entrarem no galpão para trancar a porta. Do lado de dentro, o Alho escutou a sequência: corrente, cadeado e chave.

– Posso dormir com você? – sussurrou para a Baixinha, enquanto ela descalçava para ele os tênis molhados.

– Não, você vai dormir em cima.

Levantou o irmão para que alcançasse o colchão superior. Sabia que ele não conseguia subir sozinho; volta e meia precisava se lembrar de que ele só tinha seis anos. O Alho aproveitou para abraçar a irmã com força, o nariz afundado no pescoço dela.

– Me solta – sussurrou a Baixinha, doce.

O Alho obedeceu, virou de costas e dormiu no mesmo instante. No colchão de baixo, Ismael fumava com o olhar cravado nas louras, que dividiam uma cama no outro canto. Iluminadas apenas pela tela de um celular, elas escutavam uma cúmbia enquanto raspavam as pernas com uma mesma maquininha de barbear.

Esperou uma delas levantar a cabeça.

– Vocês são de Buenos Aires?

A loura levou o indicador à boca e apontou com a testa

uma camerazinha precária afixada na parede. Sem dizer mais nada, apagou o celular. No silêncio, ouviu-se o jorrinho de xixi da Baixinha. Tinha se afastado alguns metros até o cubículo de um por um, com paredes de cimento e piso de ladrilho, onde um buraco servia de privada. Antes de levantar a calça, escutou uma respiração a menos de um metro, já no interior do cubículo.

– O que você quer?
– De onde vocês vieram? – sussurrou uma das louras.

Não tinha escutado a outra se aproximar até já estar colada nela. A Baixinha levantou a calça sem responder. Não gostava de ficar quebrando as regras logo na primeira noite. Mas a loura insistiu.

– Vai, cagona, fala, aqui eles não veem.
– Once – interrompeu a Baixinha, seca.

Ergueu os olhos para a camerazinha, que ficava bem em cima da cabeça delas, e confirmou que as duas estavam fora do alcance. Quando os olhos se acostumaram com o escuro, foi aparecendo aos poucos a silhueta da ruiva, recortada contra a luz que entrava por uma fresta da parede do galpão.

– Vocês? – sussurrou a Baixinha.
– González Catán.
– Quanto tempo aqui?
– Três semanas.
– E?
– Quê?
– Como que é?
– É fácil – debochou a loura.

Abaixou o jeans e ficou de cócoras em cima do buraco. O barulho do jorrinho de xixi abafou por completo os sussurros.

– Levam a gente na praia e deixam a gente lá o dia todo. A gente pega o que dá e de tarde eles vão buscar. Todo o dia é isso, a única coisa que muda é a praia. Deram roupa boa pra gente, de marca. Pintaram o nosso cabelo... mais louro. É como se fosse umas férias.

– Tem outros moleques?

– Muitos.

– Onde eles levam?

– Nem ideia. Amanhã vão explicar pra vocês. Me dá um cigarro.

A Baixinha enfiou a mão em um dos bolsos, pegou o maço e deu para a outra. Se tinha uma coisa que conhecia bem eram as leis da rua: sempre valia a pena fazer amigos. A loura subiu a calça, sorrindo com a boca cheia de dentes quebrados.

– Não sai – arrematou.

E foi embora.

Antes de amanhecer, eles escutaram a mesma sequência de ruídos, só que invertida: chave, cadeado, corrente; o facho da lanterna na cara, a voz da mulher apressando o trio; a picape parada na frente do casebre, o motor ligado, os homens lá dentro. Dessa vez não viajaram na caçamba.

Levaram os três do lado de dentro, no banco de trás da picape, para dar as instruções durante o trajeto. Não viram direito a roça, nem a estrada de terra, nem a vila que atravessaram até chegar na rodovia; a neblina que os cercava era tão espessa que não se enxergava mais que um metro adiante. Adivinharam que tinham entrado na Interbalnearia porque o carro parou de sacudir nos buracos, aumentou a velocidade e enfim saiu do nevoeiro, em uma curva onde surgiu o mar – lá longe, escuro ainda – e a pista dupla da rodovia, deserta, com algum outro veículo que viria de Montevidéu em direção a Punta del Este. Bem nesse momento, o homem do porto se virou e olhou para eles.

– Dormiram bem? – perguntou.

A amabilidade súbita os inquietou mais do que tudo que ele já fizera até ali. Não tinha dado mais que três horas para eles descansarem, nem tempo para lavar o rosto, nem nada quente para começar o dia. O Alho e a Baixinha esperaram Ismael responder. Mas ele também não falou nada, sabia que não importava a resposta. Ficou olhando de volta para o homem, em silêncio, até que ele apontou duas mochilas de lona que estavam nos seus pés, junto com três pares de galocha e três jaquetas impermeáveis.

– Aí tem tudo o que vocês vão precisar.
– Aonde a gente tá indo?

Como resposta, o homem pegou um mapa no porta-luvas, o abriu e o alisou antes de passar para Ismael. A primeira coisa que eles viram foram cruzes vermelhas; iam de um a nove.

– Sabe o que é um hectare?

Ismael assentiu, mesmo sem saber.

– A estância onde a gente vai deixar vocês tem sessenta hectares. Tem nove casas, cada uma com um terreno de uns 5 mil metros. Elas todas têm caseiro, cachorro. Essa numeração é a ordem que a gente seguiria. As casas um, dois e três dão pro mar, são as que têm menos segurança. A sete tem cerca elétrica. A nove é um forte, o dono é um russo que tem um pastor e dois pitbulls. No portão tem uma guarita com um segurança armado 24 horas por dia. O resto da estância ainda não foi vendido; é onde vocês vão se esconder. Nas mochilas têm umas provisões; se vocês organizarem direito, comida não vai faltar. Nem água: nesse morro tem uma mina. É manter distância dos caminhos. Dormir de dia, trabalhar de noite.

Ergueu a vista do mapa e olhou para eles.

– Alguém sabe ler?
– Eu – respondeu Ismael.

Como um trio treinado para receber ordens, ele era o único que falava. O homem do porto apontou para várias legendas escritas à mão debaixo de cada um dos números. Fez isso sem deixar de olhar para a Baixinha com o mesmo apetite da noite anterior.

— O que eu disse das casas tá escrito aí. Vocês decidem se vão querer seguir essa ordem ou se vão preferir outra. Se alguém parar vocês em algum dos caminhos, vocês dizem que são sobrinhos do caseiro do Beccar Varela. Que são de Rocha, estão de visita. Foram dar uma volta. Não é pra aceitar carona. Vocês dizem que vão pra praia e que preferem ir andando.

Fez uma pausa; olhou para o mais novinho:
— Qual foi o sobrenome que eu falei?
— Beccar Varela — se apressou a dizer o Alho, atento.
O homem sorriu.
Gostava da segurança dos moleques.
— O Guida falou que vocês sabem lidar com cachorro.
— Se a gente tiver ferramenta pra isso — respondeu Ismael.
— Aí dentro tem tudo. A carne moída não é pra provar nem pra tocar, senão vai dormir dois dias direto e é capaz de nem acordar mais. Quando for usar, vocês botam a luva de borracha.
— Spray?
— Também. Um pra cada.
Tirou um celular do bolso e deu pra ele.
— Só tem um número na agenda. Deixa ele desligado. Vocês ligam quando tiverem saído de uma das casas. Me manda um mensagem de texto com o número dela. Vocês vão até a praia, se escondem e esperam. Vai chegar alguém pra buscar o material.
— Vocês sabem como é que se estoura uma boiada?

Era a primeira coisa que o homem da cicatriz dizia, o outro é que tinha se encarregado das explicações. Mas o tom dele deixou claro que era o chefe.

Deu um assovio.

— Vocês não podem deixar ninguém ver vocês antes da pessoa que vai chegar fazer esse som. Vocês entregam o material pra ela. Depois desliguem o celular até sair da próxima casa. Se fizerem assim a bateria vai dar.

Em outra curva da estrada a neblina se dissipou completamente e fez aparecer o pampa uruguaio, ondulado, em ambas as margens da estrada. Passaram na frente de um campo de golfe, de uma plantação de eucalipto, de um aeroporto branco e de uma enseada repleta de mansões enormes antes que o chefe apontasse uma estância, na mão oposta, com um portão azul-celeste debaixo de uma placa na qual a Baixinha só teve tempo de ler *La Carolina*.

– É aí.

Alguns metros depois, fez o retorno. Olhou de soslaio para o homem do porto, dando sinal para ele continuar:

– Se alguma coisa der errado, vocês saem pela praia e caminham pra direita. Num ritmo bom, vão andar umas duas ou três horas. Uns quinze quilômetros até chegar em Piriápolis. Vocês perguntam onde é a rodoviária. Liga do telefone que a gente deu. A tia vai buscar vocês. Se pegarem vocês lá dentro vocês dizem que entraram sozinhos. Que cruzaram o rio escondidos em uma lancha, por Carmelo. Vão levar vocês pra delegacia, e de lá pra um centro de detenção de menores em Maldonado. Vão repetir as perguntas. A coisa vai ficar feia. Mas vocês vão dizer igual: que atravessaram sozinhos, que fizeram tudo sozinhos. Vocês se comportam, não dizem mais nada, e a gente dá um jeito de tirar vocês de lá. Se abrirem a boca, vão ficar lá dentro, entendido?

Não precisaram responder, os dois já nem olhavam mais para eles. O chefe saiu da rodovia para uma estrada de terra que contornava o perímetro da estância.

Diminuiu a velocidade e abaixou a janelinha traseira, tão coberta de poeira e de sujeira que parecia um vidro escuro. Durante algum tempo eles avançaram em silêncio, até que o homem do porto apontou um pequeno buraco na cerca de metal.

O chefe encostou a picape.

– Coloca a bota – ordenou.

Os três obedeceram. Elas ficaram enormes no Alho e apertadas em Ismael, mas ninguém reclamou. A Baixinha guardou os três pares de tênis em uma das mochilas. Lá dentro, conseguiu ver dezenas de latas de comida, uma bolsa de nylon com carne moída, as luvas de látex, várias cartelas de remédio presas com um elástico de cabelo; também viu uma lanterna, uma chave de fenda e uma navalha. Com o indicador, puxou um trapo que envolvia uma lâmina de metal; ergueu o olhar para o homem do porto ao ver que era um facão de mato. Ele sorria olhando para ela; o assombro daquela novinha provocava nele umas ondas excitação e ternura.

– O morro é difícil – disse. – Não só o mato.

– Que mais que tem? – perguntou Ismael.

– Serpente, cimarrón, javali.

Eram três palavras que o Alho nunca tinha escutado. E que ditas assim, sem referência a forma nem tamanho, e com um facão para se defender se cruzassem com uma delas, soaram como bestas mitológicas.

– As galochas são pra usar sempre que vocês estiverem no morro. Vocês não vão ver a serpente chegando antes de sentir a picada. Na outra mochila tem uma seringa e uma ampola de soro. Se por acaso vocês levarem uma picada, tem que injetar o soro na mesma hora ou então já era.

Quando desligou o motor, o silêncio se impôs como um tapa. O atordoante era o rugido daquela máquina velha, não a quantidade de informação, nem a vertigem do que estava para acontecer. Fazia anos que Guida vinha treinando os três, com a mesma paciência e a mesma crueldade com que treinava galgos aos domingos. Sabia reconhecer os garotos bons logo na primeira operação: via no jeito que eles escutavam as instruções, no engenho para entrar, para sair, para improvisar, para enfrentar pets, alarmes, tentações; e depois se certificava estudando o que eles tinham recolhido dentro da casa. Quando lhe pediram para recomendar os melhores, soube logo que eram os três.

– Daqui a seis noites, no amanhecer, a gente vai estar nesse mesmo lugar esperando vocês. Se vocês não estiverem aqui, a gente vai embora.

– Seis? Como seis?

Ismael calou o Alho com um olhar. Da mesma forma que Guida tinha faro para os moleques, eles também sabiam quando um trabalho era fácil, arriscado ou completamente suicida. Que aceitar aquilo fora um erro era uma coisa que os dois mais velhos haviam começado a intuir durante a viagem, e que agora confirmavam. Só que não tinha mais sentido recusar, nem pedir para não os deixarem ali dentro tantos dias, nem colocar condições. Abrir a boca era mais perigoso que aceitar as ordens em silêncio.

– Tão vendo esse buraco no alambrado? Vocês vão entrar por aí.

– Vão caminhar na direção do mar um quilômetro...

– ...vai dar na pedreira.

– De lá de cima vai dar para ver as nove casas e...

– Sete.

– Sete, isso.

– Tem duas no bosque. A do russo e a do Mitre.

– Essas duas vocês deixam pro final.

– Aproveitem o dia. Estudem o terreno.

– Pode descer.

As últimas instruções chegaram assim: com os dois se interrompendo, desordenadas e urgentes, porque vinha um carro vermelho, ao longe, na direção deles, levantando uma nuvem de poeira.

– Vamos, desce.

Na beira da estrada, Ismael colocou uma das mochilas nas costas e ajudou a Baixinha com a outra. Alho ficou olhando os dois: tinha alguma coisa errada, mas ele não entendia exatamente o quê. Então imitou a irmã, dissimulando uma calma que não possuía. Apressou o passo para atravessar a estrada até a estância. Quando ouviu o motor da picape ligando, ameaçou olhar para trás, mas ela pôs a mão no seu pescoço.

– Continua andando. Não vira.

Ismael se agachou em frente ao buraco no alambrado. Era colado no chão e não tinha mais que quarenta centímetros em diâmetro. Ele apalpou a terra para ter certeza de que não tinha pedaços de arame enferrujado, depois se deitou de bruços e enfiou primeiro a cabeça, depois os braços e por último o tronco. A Baixinha fez um sinal para que o Alho fosse atrás.

Fizeram tudo sem dizer uma palavra, com a segurança de um trio de profissionais. Os homens esperaram os garotos terem entrado na estância para arrancar. Quando um carro vermelho, um conversível, passou por eles, os três já estavam deitados de barriga para baixo no pasto alto. No meio da nuvem de poeira, ouviram uma canção de Luis Miguel, sentiram um rastro de maconha, viram as pranchas de surfe saindo do banco de trás, entre adolescentes que cantavam, fumavam e riam; uma segurava um cachorrinho minúsculo, ridículo, que latiu para eles, transtornado, olhando Alho nos olhos; outra de biquíni, com as pernas à mostra penduradas para fora do carro. A imagem fez com que eles se lembrassem, na mesma hora, de que naquele lugar todo mundo estava de férias. Baixinha olhou de relance para Ismael: sem se mover, ele examinava o terreno.

– Vamos – sussurrou.

Ismael fez que não com um gesto. Sabia que os homens continuavam ali, observando-os de longe. Iriam monitorá-los durante todo o tempo que estivessem lá dentro. A única maneira de sair juntos, livres e vivos era fazer o trabalho, fazer bem feito, seguir as ordens ao pé da letra, entregar o que os homens queriam e, com sorte, só para poderem usar de novo depois, eles deixariam os três partirem. Esperaram, estáticos, a nuvem de poeira se dissipar. No lugar dela, reapareceu o imobilismo absoluto da paisagem. Então escutaram os gritos de dois quero-queros, se lançando sobre eles para defender os seus ninhos.

– Corre! – mandou Ismael.

Quando se levantou, Alho viu que tinha uns restos de casca e de uma coisa pegajosa esmagada contra o estômago. Berrou para afugentar uma investida dos bichos. Foi o empurrão que faltava para que o medo, diante do perigo iminente, se transformasse em euforia. Já não corriam por causa dos pássaros; corriam para extirpar a angústia, o frio, a fome, o cativeiro; corriam porque o pique de oxigênio avivou os seus corpos, e porque a adrenalina era a coisa mais parecida com a felicidade que eles conheciam.

4

À MEDIDA QUE AVANÇAVAM, o morro ia se enchendo de árvores: pinheiros, eucaliptos e acácias; primeiro espaçadas, depois se fechando cada vez mais sobre as suas cabeças até que o campo se transformou em uma mata tão densa que se tornou difícil caminhar. Então Baixinha parou subitamente e chamou os outros com um assovio de amazona. Abriu a mochila, tirou o facão que tinha visto na picape e entregou para Ismael. Ela ficou com a navalha.

– E eu? – perguntou o Alho, com olhos de animê.
– Atrás de mim! – gritou a irmã se afastando.

Foram abrindo caminho a golpe de facão pelo emaranhado de árvores e pedras, tão espesso quanto tubular, e a cada metro mais escuro e úmido, até que o céu desapareceu completamente e surgiu no lugar dele uma luz que parecia estar fora do tempo, porque não era de noite nem de dia, e um som que os três nunca escutaram: uma pulsação, um ronronar, o coquetel de todas as criaturas e espécies que viviam ali dentro. Quando a penumbra voltou a ser perfurada pelos raios de sol, eles já tinham adquirido tanto ímpeto e velocidade que quase caíram rolando ao ver que a terra despencava de repente, uns quinze metros cobertos de vegetação até submergir no braço d'água que dividia a estância ao meio, e ia ziguezagueando até o mar.

O que eles viram os deixou mudos.

Nesse instante entenderam o que são sessenta hectares.

Dali de cima, o mapa que o homem do porto lhes dera podia ser compreendido à perfeição. Nunca tinham estado em um lugar de horizontes tão abertos. Ao fundo, atrás de uma barreira de dunas, viram uma praia larga e um mar agitado; em primeiro plano, bosques de acácias que rodeavam as três casas localizadas em cima das dunas e os pavilhões de piscina das outras seis: um deles parecia um templo grego de cimento, outro imitava um estilo californiano, todos pareciam cuspidos de revistas de decoração; duas casas ficavam escondidas no meio de bosques de pinheiros, apenas se adivinhavam os telhados; as demais, localizadas em diferentes declives do campo, tinham deques que davam para o braço d'água atravessando quase todos os terrenos, com embarcações pequenas e jet skis.

Na realidade, não eram casas, eram mansões.

Distintas na localização e na arquitetura, mas irmanadas pelos janelões enormes e sem grades que davam para um bosque ou para o mar, pelos carrões importados estacionados na porta, pelas dezenas de cães de raça e pelas cabecinhas louras de crianças de todas as idades emergindo de piscinas de águas cristalinas, viram quadras de tênis, pistas de pouso privadas, lagos artificiais, cavalos de polo.

Era um mundo sem grades nem cercas, e os três entenderam na mesma hora por que pensaram neles para fazer o trabalho. Também entenderam por que queriam que ficassem seis dias. Demoraram mais de doze horas para chegar na casa três: um casarão de madeira de frente para a praia, no qual decidiram entrar primeiro. Deslocaram-se devagar, descendo até o mar pelo corredor de morro que não estava vendido. Ali a vegetação continuava espessa, se bem que cada vez mais domesticada à medida que eles se aproximavam dos terrenos com dono. Sobreviventes que eram, antes do meio-dia já se moviam naquela geografia como se a conhecessem desde sempre, acostumados com os ruídos e até com a temperatura, que devia estar batendo os quarenta graus. Não foi em vão que dormiram na rua durante tantos anos, nos mais ferozes invernos e verões.

Em algum momento, o barulho de uma escavadeira fez com que eles se aproximassem de uma clareira onde, perfeitamente camuflados, viram as máquinas de meia dúzia de trabalhadores que preparavam as fundações do que logo seria a décima mansão da estância. Ficaram com água na boca ao sentir o aroma de um cordeiro que dois desses homens estavam assando em uma cruz de ferro, a poucos metros de distância. As latas de atum que os três devoraram minutos depois foram pouco diante do banquete que os pedreiros deviam estar fazendo. Mas aproveitaram a digestão para examinar de um modo mais atento o que havia dentro das mochilas. Ismael colocou as luvas de látex e enfiou a mão na carne moída: fez umas bolinhas pequenas que enrolou em pedacinhos de nylon e dividiu entre os três.

Também distribuiu os soníferos.

Não era a primeira vez que eles lidavam com isso, sabiam usá-lo muito bem. Guida havia incorporado esses *sprays* em um assalto atípico, para o qual pediu que os garotos passassem a noite em um chalé inglês em Las Lomas, na Zona Norte. Naquele dia, tinha detalhado para eles tudo o que ia acontecer com a mesma precisão dos homens da picape: os donos da casa voltariam do banco com quinze maços de 10 mil dólares, para uma transação que fariam no dia seguinte. A empregada acabou falando demais, e fazia um tempo que Guida queria testar Ismael e Baixinha em uma situação de maior perigo e estresse. Já nessa época projetavam golpes como os do Uruguai, e até maiores, para os quais precisavam de menores com sangue frio.

– Dessa vez o garotinho não vai – ordenou.

Tudo correu como Guida havia orientado: entraram por uma janela da lavanderia e se esconderam em uma das portas do closet, na qual os donos guardavam a roupa de inverno com uma organização obsessiva.

Esperaram ali.

A empregada trocou os lençóis e as fronhas, os gêmeos assistiram a desenhos na cama, o filho mais velho, adolescente, remexeu nas gavetas do pai para pegar umas florzinhas de maconha... Mas com exceção do gato siamês, que farejou a porta do armário e ficou miando em sinal de alerta (e que chegou a ofertá-los um xixi fedido bem aos pés da Baixinha antes de ser posto para fora a bofetadas pela empregada), ninguém suspeitou de nada.

Quando eram por aí umas quatro da tarde, os donos da casa se trancaram no quarto. Espalharam em cima da cama os quinze maços de dólar que tinham escondido na roupa, nos bolsos e nas bolsas.

Passaram quase uma hora contando as cédulas.

Estavam nervosos; discutiram, ele chorou; gritaram um com o outro em sussurros mal contidos, falaram de uma herança e passaram a uma longa lista de recriminações tão complicadas quanto entediantes, durante a qual – depois de confirmar que não corriam o menor perigo – Ismael aproveitou para tirar um cochilo. Quando abriu os olhos o quarto estava escuro. A Baixinha contou para ele que o casal, depois de se reconciliar e dar uma trepadinha afoita entre os dólares, tinha guardado o dinheiro na bolsa dela, e a bolsa em uma das portinhas da penteadeira, antes de descer para jantar. Duas horas mais tarde, quando toda a família dormia, depois que a casa ficou escura e em silêncio, a Baixinha empurrou a porta, avançou descalça até parar ao lado do homem, estendeu o braço a uns vinte centímetros do nariz dele e borrifou o *spray*.

Fez tudo com tanta delicadeza que o dono da casa nem sequer se mexeu. Depois deu a volta na cama para repetir a operação com a mulher, enquanto Ismael, também descalço, se encarregava dos filhos, da empregada e dos gatos. Naquela noite, a família do chalé inglês dormiu um sono mais profundo do que nunca. Ismael e a Baixinha pegaram apenas três dos quinze maços de dólar. Foi a ordem mais categórica de Guida: nem um dólar a mais.

Três de quinze era um desfalque que, para um dinheiro contado e guardado, não seria percebido em uma conferida rápida e nem alteraria o peso do objeto transportado. O roubo só saltaria à vista na mesa de transação, no dia seguinte. Aproveitaram e tomaram banho, comeram alguma coisa e caminharam para fazer as câimbras passarem, antes de voltarem ao esconderijo. A manhã, Guida tinha advertido, era o momento mais delicado do trabalho. Nada era infalível: se o casal resolvesse recontar o dinheiro antes de sair, o plano de ação mudava drasticamente. A primeira suspeita seria a empregada. Quem sabe se alguma dúvida, por parte da mulher, não recairia sobre o filho mais velho do marido, ou sobre a namoradinha adolescente que passava quase todas as noites com ele. Em todo caso, havendo contado o dinheiro de forma tão obcecada na noite anterior, e não havendo portas nem janelas forçadas, não restaria dúvida de que o roubo ocorrera durante as horas noturnas.

No mesmo instante, chamariam a polícia.

Guida tinha repassado com eles as alternativas se as coisas dessem errado: no melhor dos casos, escolheriam o momento certo de sair do esconderijo. Rabiscou para os garotos uma planta da casa para mostrar a localização de uma porta no teto que dava para um sótão. Lá eles encontrariam uma janela de incêndio, sem grades, pela qual poderiam sair para o terraço e pular para o telhado do vizinho. Guida havia descoberto essa rota de fuga meses antes, uma noite em que o alarme disparou e o dono da casa ligou do estrangeiro para pedir a ele que entrasse e revistasse o chalé inglês, onde só estava o filho adolescente, apavorado. Eram as situações ideais para estudar com calma as fragilidades de cada casa. Na noite dos dólares nada deu errado. Pelo contrário, na manhã seguinte os donos acordaram antes do despertador. Fazia muito tempo (desde o nascimento dos gêmeos, mais precisamente seis anos) que eles não dormiam tão bem. A trepada, o descanso e a excitação pela compra do terreno na bucólica La Cumbre, que eles desejavam há tantos anos, os fizeram tomar banho cantarolando a duas vozes uma das árias de *Turandot*. Ismael e Baixinha seguraram as risadas quando perceberam que ele fazia a voz aguda e ela a grave. Meia hora mais tarde, escutaram as buzinas da van escolar, uma correria, gritos e o carrão saindo da garagem com a outra metade da família.

Depois, a casa ficou quieta de repente.

Baixinha empurrou a porta do armário e andou até a escada, ainda segurando o tênis. A empregada limpava o piso da cozinha, cantarolando uma canção de ninar em guarani. Fez um sinal para Ismael. Poucos minutos depois, eles saíam pela janela da lavanderia. Naquela noite, Guida convidou o trio para jantar em uma barraquinha na Costanera. Deixou os garotos comerem até se empanturrar. De sobremesa, além do sorvete, deu para cada um uma nota de cem dólares e serviu a eles um dedo de vinho, para brindar.

– Ao que vem por aí – disse.

Os olhos dele brilhavam, porque era a segunda garrafa de vinho tinto que abria, e pela ambição de tudo o que enxergava para o futuro.

– O que é que vem?
– Mais do que vocês são capazes de imaginar.

E estava certo: Uruguai, aquela estância, um trabalho

de seis dias. Era mais do que eles teriam sido capazes de imaginar.

    Depois do almoço, se revezaram para descansar uns minutos. Enquanto Ismael e Alho dormiam, Baixinha ficou ensaiando uns golpes de facão. Em um desses giros, deu de cara com um cimarrón. Era um bicho assustador, raquítico mas vigoroso, de pelo listrado, mais parecido com uma hiena do que com um cachorro. Observava-a imóvel a alguns metros de distância, mal visível por trás de um tronco oco. Ela sustentou o seu olhar, todos os músculos tensos, o facão em riste. Acordou os rapazes fazendo um estalo. Ismael pôs a mão no estômago do Alho para ele não se mexer.

– Quieto – sussurrou.

    O cimarrón não era mais selvagem que as matilhas de cães entre as quais ele havia crescido na beira do rio Riachuelo. Era com certeza menos selvagem que as doninhas que já o haviam atacado mais de uma vez. Guardava cicatrizes de todos esses bichos. Enfiou a mão esquerda no bolso e tirou duas bolinhas de carne moída. Na direita empunhou a navalha que estava presa na sua cintura. Com um movimento lento, atirou as bolinhas na direção do cimarrón. Como se intuísse a armadilha, o animal observou a carne sem se mexer, mas a fome foi mais forte: deu alguns passos à frente e se abaixou para devorá-la. Ismael atirou uma terceira bolinha, que o cão agarrou no ar. Quando levantou a vista do solo, pedindo mais, alguma coisa nos seus olhos já tinha se suavizado.

    Não podia ser o calmante; ainda levaria um minuto para que ficasse tonto, cinco para que dormisse. Era o gesto inesperado de carinho que havia amansado a verdadeira besta, a fome. E então o animal se abaixou, devagar, soltando um gemido estranho. Tombou de lado com os olhos entreabertos, mas já sem força nos músculos. Ismael se pôs de pé.

– Me dá o facão – disse para a Baixinha.

Com aquela frieza dele que ela conhecia tão bem.
– Não precisa...
– Me dá. Vai seguir a gente.
– Ainda vai dormir um dia todo.
– Se ele acordar, vai vir atrás. Me dá.

A Baixinha obedeceu, sabia que ele tinha razão. E não se discutia com Ismael quando ele falava com essa outra voz, a que aparecia diante do perigo. Ao se virar, viu que as lágrimas escorriam do rosto do irmão. Mordia o lábio inferior, tanto que sangrava, pela raiva de que aquele cachorro horroroso lhe desse tanta pena. A Baixinha o ajudou a colocar as galochas antes de limpar o sangue na comissura dos seus lábios. Foram se afastando por uma trilha que mal se podia enxergar no meio da vegetação, sinal de que alguém tinha aberto caminho antes deles. Alho avançou alguns metros espiando por cima do ombro até que Baixinha lhe deu um empurrão para que ele deixasse de olhar. Chegou a ver Ismael parado diante do cimarrón, com o facão caído ao lado do corpo, segurado na mão esquerda, antes de dar meia volta e apressar o passo. Pouco depois, passou por eles e ocupou outra vez a dianteira do trio.

O facão estava limpo, como a roupa e as botas. Alho percebeu na mesma hora. Conhecia bem aquela sujeira impossível de esconder toda vez que se lidava com alguma coisa que pudesse ferir.

Depois a trilha começou a descer.

O solo tinha vestígios de areia.

O ar tinha cheiro de mar.

Quando chegaram no caminho principal da estância, Ismael fez um sinal para eles se agacharem no meio do capim. Era o limite entre a área sem dono e os cinco hectares da casa número três. Do alto da pedreira, tinham visto vários SUVs estacionados na rotatória da entrada, movimento em todos os ambientes da casa, um grupo na praia, várias crianças na piscina e uma partida de duplas na quadra de tênis... não identificaram quantos homens e quantas mulheres havia ali, nem puderam definir idades e aparências: lá de cima, tinham o tamanho dos soldadinhos de chumbo que o Alho guardava como um tesouro em um esconderijo do banheiro do Once. Ainda não sabiam ao certo o quanto seria difícil entrar na casa. E, aliás, se o fariam naquela noite, ou se teriam que estudar as rotinas da casa mais um dia. Não estavam acostumados a definir sozinhos tantas variáveis: o hábito era receber as instruções de Guida, que não dava sopa para o azar. Esperaram. O silêncio da paisagem era tamanho que uma lebre saiu de sua toca, cruzou o caminho e se deteve a poucos metros deles, farejando o ar, antes de sair em disparada, cortando o campo em diagonal, ao sentir que três pares de olhos a fitavam com fome.

Começava a escurecer quando eles tiraram as galochas para avançar mais depressa. Colocaram o tênis e esconderam as mochilas em uma fossa que a Baixinha encontrou no meio do capinzal. Também deixaram ali o facão e a navalha; as únicas coisas que levaram foram os soníferos e a carne moída. Se fossem pegos, era essencial serem três menores sem armas. Atravessaram o caminho sem se esconder. Lembravam perfeitamente as instruções.

– Be-car-va-re-la – repetiu o Alho várias vezes, baixinho.

Logo que cruzaram a porteira voltaram a correr, mais ligeiros que a lebre, na direção do bosque de pinheiros. Já tinham estudado o terreno na pedreira: a única maneira de se aproximar sem ser visto era entrar depois de escurecer e não sair do bosque que rodeava a casa principal, uma enorme cabana de madeira construída sobre as dunas, com janelões para o mar e vários módulos interligados por um deque. Se eles se mantivessem no extremo oeste do terreno, acompanhando o arame que fazia limite com o terreno vizinho, estariam longe o bastante do caseiro para que, com sorte, os cachorros não os farejassem.

Foi então que escutaram risadas.

Um garotinho de uns cinco anos passou na frente deles, correndo como um alucinado, com outro alguns anos mais velho no seu encalço. Ismael, Alho e Baixinha se puseram de cócoras, muito lentamente, na penumbra do bosque.

– Espera aqui – ordenou Ismael.

Foi atrás das risadas, uns cem metros em diagonal. Sabia que o trabalho para o qual haviam sido escalados teria um sem-fim de imprevistos. Mesmo antes de atravessar o buraco no alambrado, Ismael intuía que a chance de entrar nas nove casas sem serem vistos era remota. Agora já duvidava que fossem passar incólumes pela primeira. Para ele a única coisa que importava era tirar a Baixinha e o Alho da estância sem que alguém metesse um tiro na cabeça deles. Era nessas deambulações mentais que estava enredado quando, em uma clareira do bosque, viu um grupo de crianças.

Brincavam em uma cabana em cima de uma árvore.

Contou quatro meninos e três meninas; nenhum tinha mais que dez. O mais novinho chorava abraçado a uma corda, sem ânimo para descer, nem para subir, nem para se soltar. As meninas, se iluminando com uma lanterna, colavam figurinhas em um álbum; os meninos brincavam de pique. Um outro grito se somou ao caos:

– Vamos comer, criançada!

Uma mulher berrou para eles do deque, com um bebê nos braços. O mais velho devolveu o grito:

– Só mais um pouquinho, tia!

– Agora mesmo, Felipe! Pode trazer todo mundo!

Ismael ficou parado, esperando que eles obedecessem. Ninguém parou de brincar. Ao ver que um homem saía da casa e caminhava até o bosque, voltou a ficar de cócoras. Enfiou a mão na carne moída que levava no bolso quando viu que atrás do homem vinha um cão preto, enorme, mistura de labrador e dogue alemão, que escutou chamarem de Rambo.

– Quantas vezes eu já disse que o bosque de noite tá proibido?!

– Mas, pa...

– Mas nada! Todo mundo pra dentro!

Enquanto o homem pastoreava as crianças para casa, Ismael viu que o cão ia levantando a pata em várias árvores, marcando território. Esperou o animal sentir o seu cheiro. E foi o que teria acontecido: o cachorro ergueu o focinho, farejando uma fibra desconhecida... Exatamente nessa hora dois meninos montaram nele como se fosse um pônei, enquanto a menorzinha se pendurou no seu pescoço e cobriu a boca dele com a mão. O cachorro, mais resignado que uma professorinha de jardim de infância, foi atrás do homem com as três crianças dependuradas. Ismael se levantou, rindo daquela pobre besta domesticada. E ficou de frente para uma garota tão branca que parecia albina.

Devia ter quinze anos.

Era da mesma altura que ele, mas muito mais frágil.

Tinha os olhos cinzentos mais incríveis que Ismael se lembrava de ter visto, e o fitava de um jeito estranhíssimo: sem medo, sem surpresa, sem pressa, quase sem estar ali. E, ao mesmo tempo, com uma intensidade que o deixou paralisado.

Deu um passo na direção dele.

Ismael, atônito, recuou.

Deixou a garota se aproximar, lentamente, até cravá-lo contra um tronco com a força do seu olhar. Uma coisa na lentidão com que ela se movia, na forma com que o estudava, tão de perto mas sem tocar nele... e sem dar a menor impressão de estar diante de um estranho escondido no bosque que rodeava a sua casa, o fez suspeitar que ela não fosse muito normal. Não entendia o que estava acontecendo. Muito menos por que sentia um desejo de que o tempo parasse para poder ficar ali, em um canto escuro do bosque, com aquela garota que olhava para ele como se ele fosse um extraterrestre.

– Oi... eu... – foi a única coisa que conseguiu dizer.

Deixou a frase pela metade.

Na mesma hora sentiu que estava ficando vermelho, porque ela continuava a avançar; a garota ficou tão perto que a sua respiração lhe provocou uma excitação selvagem... Enquanto a sua cabeça disparava linhas de fuga em mil direções ao mesmo tempo sem encontrar uma saída, o mesmo homem que havia arrebanhado as crianças voltou a gritar do deque:

– Luisa!

Ismael deu um pulo, de tão absorto que estava naqueles olhos cinzentos. Ela, ao contrário, nem piscou.

Também não deixou de fitá-lo.

– Acho que te chamaram – disse Ismael, baixinho.

Nem o grito nem o sussurro provocaram nela qualquer reação.

Ismael viu que uma outra mulher, mais velha que a anterior, tinha se juntado ao homem no deque. Eles estavam distantes, a uns cinquenta metros, atrás de várias fileiras de pinheiros. No meio do caminho, entre a casa e o bosque, havia um jardim onde dois grandes irrigadores automáticos estavam ligados, molhando tudo. Com o escuro, as árvores e a irrigação, era impossível que enxergassem uns aos outros. E contudo, no silêncio da noite, Ismael escutou com clareza a angústia na voz da mulher.

– Mas o que você tá fazendo?

– Dá uma chance pra ela.

– Você sabe que ela não vai vir sozinha.

– Luisa! – insistiu o homem.

– Você só pode estar de brincadeira – interrompeu ela, já farta daquilo.

Pegou o caminho da casa na árvore, sem a menor dúvida de que era lá que a sua filha estava. Quando chegou na clareira do bosque, Luisa continuava parada no mesmo lugar, mas Ismael – por puro reflexo – tinha dado três passos para a esquerda, contornando o tronco para ficar abrigado no escuro.

– A comida saiu, amor. Vamos?

Ismael esperava que Luisa gritasse ou, pelo menos, fizesse um sinal na direção dele. Estava pronto para explicar que tinha chegado a pé pela praia, que estava sozinho. Mas ela não fez nada: com absoluta docilidade, sem dizer uma palavra, deixou a mulher ajeitar uma mecha de cabelo caída sobre o seu rosto e a guiar de volta para casa. Instantes depois, escutava outra vez o coaxar das rãs de um lago perto dali. Sentiu que um bichinho de oito patas estava andando pela sua perna, mas não se mexeu até ver as duas entrarem na cabana.

Deu alguns passos à frente para ver melhor.

Contou seis homens, um deles idoso, e nove mulheres, das quais duas grávidas. As crianças comiam em uma mesinha baixa, diante de um aquecedor a lenha. Os adultos, sentados em volta da mesa na sala de jantar, passavam travessas, pratos e garrafas entre si. Todos eles se pareciam; eram as variações de uma mesma cara e de um mesmo corpo ao longo do tempo.

Na cozinha, a caseira terminava de temperar uma carne recém-saída do forno. Ismael não se moveu. Esperou para ver o que a garota faria agora que ele não estava na sua frente. A mãe a pôs sentada junto dela na mesa dos adultos; cortou a carne e colocou o garfo na sua mão. Mesmo ali Luisa não disse uma palavra, nem sequer olhou para ninguém que estava com ela na mesa, nem quando um dos homens lhe deu um beijo na testa e o grisalho se levantou para servir o suco e dar um abraço nela.

– Psiu! – escutou às suas costas.

Ao se virar viu que a Baixinha olhava para ele.

– Tá fazendo o que aí, doente? – perguntou furiosa.
– Disse pra vocês não saírem de lá.
– Isso foi uma hora atrás!
– Me viram – disse Ismael sem rodeios.
– Como assim te viram?
– Aquela garota...

Ismael apontou para Luisa. Poucos segundos antes, ela tinha levantado e parado na frente do janelão que dava para o bosque. Agora olhava na direção deles tão concentrada que Ismael começou a se incomodar.

– Me viu.

A Baixinha deu um passo para trás, submergindo no bosque.

– O que a gente faz? – perguntou.
– Ela não vai falar nada.
– Como é que você sabe?

Ismael colocou o indicador na testa.

– Tem problema aqui.

A Baixinha olhou de relance para o gesto e voltou a fitar a garota. Alguns minutos depois, a caseira a levou do módulo principal para um outro menor, conectado a ele por um deque de madeira. Eram quatro quartos idênticos, todos feitos de madeira e pequenos como cabines de barco, com camas altas embutidas de um lado, contra um janelão; dois davam para o bosque e dois para o mar. Luisa se deixou ser conduzida sem oferecer a menor resistência. Mesmo caminhando para frente, olhava para trás, em direção ao bosque. Esperou a caseira ligar a luz do seu quarto para subir na cama e ali ficou, acocorada diante do janelão, se balançando muito devagar com o olhar fixo no ponto exato onde havia visto Ismael. Alheio à preocupação dos mais velhos, Alho olhava para aquela borbulha iluminada, suspensa na escuridão.

Nunca tinha visto uma casa tão grande.

Também nunca tinha ido ao cinema ou ao teatro.

E era um pouco disso que havia nas cenas mudas, publicitárias, que se sucediam em cada um dos ambientes, nas quais todo mundo fazia a mímica das férias perfeitas.
– Parece uns aquários – sussurrou fascinado.
Enquanto Ismael observava, de longe, as janelas que davam para o mar, a Baixinha margeou o bosque para investigar a casa do caseiro. Já tinha visto o dogue alemão e uma outra coisa peludinha, insignificante, deitados na frente do aquecedor, fazendo mais o papel de decoração do que de cães.
Dormindo aos pés do caseiro, que tomava mate com o filho (uma réplica, três décadas mais novo) sentado em uma cadeira de praia na porta de casa, viu um cachorro velho e mais um outro, acorrentado. Com certeza deixavam esse solto quando fossem dormir, mas eles já haviam enfrentado matilhas mais ferozes sem inconvenientes. O problema não era só a quantidade de gente: nunca tinham assaltado uma casa sem instruções precisas sobre o modo de entrar e o que levar. Quando o jantar terminou, as crianças subiram para uma sala de jogos. O mais velho ligou um *PlayStation* para continuar a partida de futebol que ficou pausada. O Alho contou quatro computadores, além de brinquedos importados chegando no teto, incluindo carrinhos, motos elétricas e uma pista de minigolfe na qual, ele jurou a si mesmo, ainda ia brincar um pouquinho. Nessa mesma hora sentiu a mão de Ismael no pescoço.
– Vamos embora.
– Como assim embora?
– É muita gente. A gente não vai entrar.
– Mas por aquela janelinha eu...
O Alho não chegou a terminar a frase: muito perto, no deque, dois casais jovens saíram para fumar. Ligaram um refletor que iluminou um raio de vários metros. Ismael recuou para o bosque, mas viu o Alho ficar em posição de impedimento, apontando para a janelinha de um banheiro pela

qual ele queria se enfiar. Ficou de quatro e se meteu debaixo do deque. Ao levantar os olhos entendeu que aquela era a melhor maneira de se deslocar: caminhando agachado por baixo da casa.

Em poucos segundos se acostumou com a penumbra raiada: a luz era filtrada por entre os vãos da madeira, iluminando o solo, que era uma mistura de terra, entulho e areia. Escutou Ismael chamando, mas foi adiante. Nem precisou se arrastar no chão: o deque era suspenso por estacas de um metro de altura, de modo que – abaixando a cabeça – ele conseguiu atravessar a casa de ponta a ponta. Pelo espaço que havia entre alguns degraus viu a praia e, mais longe, a espuma fosforescente das ondas. Estava a ponto de correr para ver o mar quando outro barulho, mais perto, fez ele se virar: eram os risos de duas crianças, brincando na sala de jogos. O janelão estava escancarado e a brisa envolvia a algazarra. Imaginou a si mesmo ali em cima com eles... e estava nesse pé, destruindo os lourinhos com um passe magistral, quando ouviu o grito de uma das mães.

– Vamos logo, senão a gente não chega!

Era o golpe de sorte que eles precisavam.

Quando desfez o caminho e se reencontrou com a irmã, trazia uma informação quente:

– Eles vão ao cinema.

A Baixinha abaixou o braço com que já ia puxá-lo pelos cabelos por ter desobedecido Ismael.

– Como é que você sabe?

– Na sessão das dez e quarenta – especificou, com moral – Só vai ficar o avô, a grávida e a bebezinha.

Sorriu vitorioso ao ver que Ismael olhava para ele com respeito.

– Aposto que a lerdinha também.

– Não fala desse jeito.

– Tá bom... a mudinha.

– Você é retardado, Alho?
– E você tá defendendo ela por quê, idiota? – interveio a Baixinha.
A queda de braço verbal logo tomou outra proporção.
– Agora é sua amiguinha essa dondoca aí?!
E quem sabe onde ia parar se, de repente, a casa não tivesse começado a cuspir gente loura: três garotos e dois adultos saíram pela porta que dava para o bosque; um grupinho de meninas pela que dava para o mar; várias mulheres carregando os mais novinhos, além de casacos para todos as crianças, pela porta principal; motores ligados, algumas corridinhas, uns latidos, umas palavras de ordem para os rapazes pararem de brigar, gritos para apressar quem ainda não tinha saído, discussões para ver quem ia onde... Em poucos minutos, diante do olhos atônitos do trio, a casa esvaziou. Os carrões foram se afastando com farol alto pelo caminho de terra.
Fazia anos que não recebiam uma ajudinha dessas.
Quando viraram de novo para a casa, a caseira já apagava as luzes enquanto o avô fechava portas e janelas. A mulher deu boa noite, saiu e cruzou os duzentos metros até a casa dela com auxílio de uma lanterna. A grávida dormiu na mesma hora, com a sua bebê agarrada no peito esquerdo e o cachorrinho branco aos seus pés. O avô ficou um bom tempo respondendo e-mails. Depois, ainda vestido e sem desligar o abajur, caiu no sono.
– Como a gente se divide? – perguntou a Baixinha.
– Vocês tomam conta do avô e da grávida – disse Ismael – Eu do resto. A gente se encontra na praia.
Cansado e entediado, Rambo perambulava pelo deque quando viu a Baixinha sorrindo para ele como uma encantadora de serpentes. Latiu duas vezes antes de pegar as bolinhas de carne que ela jogou. Assim que se deitou de barriga para cima, uivando para a lua com um lamento provocado

pelo calmante, o Alho escalou uma janelinha do banheiro, atravessou a sala de estar e abriu o janelão alguns centímetros, o suficiente para que a irmã entrasse.

No mesmo instante os dois tiraram o tênis.

A Baixinha fez um sinal para ele esperar.

Dez minutos depois todo mundo tinha sido borrifado com o *spray* sonífero, incluindo o cachorrinho branco e a bebê. O Alho foi em direção aos quartos. Quando deu a volta na grávida, que roncava com a boca entreaberta, a barriga de oito meses apontando para o teto, viu um movimento na altura do umbigo. Havia tocado em todos os bebês que passaram pela barriga da sua mãezinha... Apoiou uma mão sobre a pele morna da grávida: quase na mesma hora, sentiu um chutezinho. Nas noites boas, as poucas em que a mãezinha dormia sem injetar os venenos que a deixavam possuída, ela permitia que o filho colocasse a mão na sua barriga... e ele ficava quieto, invadido por uma mistura de fascinação e terror provocada por aqueles corpinhos enclausurados ali dentro.

– Tá fazendo o quê, Alho?! – sussurrou a irmã.

Da porta, ela fez um gesto frenético para que ele abaixasse a camisola. Deixou-o arrastar a bebê, que balançava pendurada no braço inerte da mãe, até o centro da cama. Depois apontou para a sala de jogos com o indicador, e entrou no quarto do avô: além dos computadores, levou pesos uruguaios, dólares, relógios e joias de pouco valor. Quando voltou de lá, escutou um barulho que a atraiu até a sala de jogos do andar de cima: sentado na frente da televisão, Alho movia Messi entre cinco alemães. Deixou que ele comemorasse um gol com uma euforia exagerada, muda, se vingando por todas as horas que não poderia jogar.

– Pega isso e vamos embora – disse, um segundo depois.

O Alho desplugou o *PlayStation* e foi atrás dela até o primeiro andar. A Baixinha esvaziou duas bolsas de praia para fazer a limpa nos outros cômodos: levaram notebooks, tablets, câmeras, brinquedinhos e todo tipo de objeto caro que passasse pela frente, incluindo binóculos, *walkie-talkies* e meia dúzia de eletrodomésticos que pareciam vindos do futuro. Alho parou de frente para a geladeira e esperou a irmã abrir para ele: o flan e a carne fumegante que tinham visto no jantar eram a única coisa que importava naquele momento. Depois botaram o tênis e a Baixinha passou pelo janelão, que o Alho trancou antes de sair pela janelinha entreaberta do banheiro. Partiram rumo à praia, alertas, mesmo imaginando que Ismael tivesse cuidado do resto dos cães: não escutaram latidos, nem viram nenhum movimento em um raio de centenas de metros.

Do módulo de madeira onde ficavam os quartos das crianças, Ismael viu os dois andarem em direção ao mar por entre as dunas. Eram duas sombras negras, visíveis apenas se alguém forçasse os olhos, querendo enxergar. Não corriam perigo, pelo menos naquele instante. Tinha se encarregado de fazer os caseiros dormirem com mais *spray* do que de costume depois de ver que o pai guardava uma espingarda embaixo da cama e o filho uma faca na cabeceira. Jogou para o cachorro velho um punhado de carne moída. Para o que estava acorrentado reservou o prato principal: pôs diante dele a lebre que o Alho tinha encontrado morta, mas ainda morna, enquanto desciam da pedreira para o mar. O plano era guardar a presa para eles, mas percebendo a ferocidade do cão – que chegava a lamber o sangue das patas dianteiras depois de saborear algum roedor – ele se resignou a entregar o banquete. Com o indicador e o anelar, Ismael enfiou na garganta da lebre meia cartela de calmantes, o suficiente para dormir dois dias seguidos. Parado no meio das árvores, esperou quase quinze minutos até ter certeza de que ninguém ia acordar naquela noite. Atirou uma pedra a poucos metros da porta do caseiro para confirmar: ninguém latiu, gritou, nem disparou. Saiu do esconderijo e voltou para a casa pelo caminho principal do terreno. A Baixinha sorriu da sala de estar, mostrando para ele o pedaço de carne que saboreava, enquanto – com a outra mão – girava um outro pedaço como se fosse um diamante, para depois guardá-lo em uma das bolsas de praia.

Pra você, leu nos lábios dela.

Ismael devolveu o sorriso, mas não estava tranquilo. Deu a volta nos quartos das crianças. Os que davam para o bosque estavam escuros, com as janelas fechadas. Apesar de não terem grades, todos os vidros eram duplos, blindados. O que ele viu fez com que estacasse de repente: o janelão de um dos quartos que dava para o mar estava iluminado apenas por um abajur. Luisa dormia de costas para a luz, de frente para o mar, a ponta do nariz quase apoiada no vidro, tão perto que a respiração dela havia embaçado a janela na altura da boca. Ismael se aproximou o máximo que permitia a escuridão que rodeava a casa e que o protegia. Dizendo para si mesmo que era melhor seguir a Baixinha e o Alho até a praia (o que eles tinham levado já chegava para valer a noite), deu mais dois passos em direção a Luisa, até ficar na mesma distância do vidro que ela, mas do outro lado.

Tinha umas pernas longuíssimas, abraçando um travesseiro, uma camisola de menina enroscada na cintura, o cabelo louro aberto em forma de leque sobre os lençóis. A janela do cômodo tinha ficado entreaberta, só o suficiente para que a brisa marinha ventilasse o ambiente. Com a faca que tinha pegado do filho do caseiro cortou a tela da janela, a enrolou e deslizou para o interior da casinha.

A operação não foi silenciosa.

Nunca tinha feito uma coisa assim com alguém dormindo no mesmo ambiente... nem tinha segurança de que ela não gritaria se acordasse, só porque não falara nada no bosque.

Mas nada disso o deteve.

Queria vê-la de perto, sem vidro nenhum no meio. Tirou do bolso o *spray* e foi andando até parar na beirada da cama. Depois estendeu o braço, e estava prestes a apertar o botão quando ela virou a cabeça para ele... e abriu os olhos. Não se assustou ao ver que o estranho do bosque agora estava no seu quarto. Abriu um pouquinho a boca, sem emitir nenhum som, quando ele borrifou o *spray*. Nunca tinha testado o sonífero em alguém que estivesse acordado. O efeito foi esquisito: não a fez dormir de imediato, mas a afundou ainda mais naquela viagem distante, convertida em um par de olhos que fitavam sem ver. Ismael sustentou aquele olhar até que ela, lentamente, dormiu. Só nesse instante reparou que ela tinha um tablet na mão, escondido debaixo do travesseiro. Estava pausado, mas quando ele tentou puxar a imagem se pôs em movimento: era um videoclipe de três adolescentes chinesas; elas cantavam com vozes estridentes e dançavam pulando em um estúdio rosa. Luisa não abriu os olhos mas também não soltou o tablet.

– Tudo bem, pode ficar – disse Ismael, salomônico.

O aparelhinho que estava na cabeceira piscou com o barulho. Tinha visto outro igual ao lado da caseira, e entendeu que ficavam escutando a garota, como se faz com os bebês. Desligou o aparelho, mesmo sabendo que não havia ninguém ouvindo na outra ponta, e o enfiou em uma mochila que esvaziou para começar a recolher o material. Não esperava encontrar tanta coisa: as crianças tinham mais eletrônicos que os pais.

Encheu a mochila de tantos notebooks, celulares e câmeras (incluindo uma subaquática) que teve que fazer força para fechar. Parou para observar as fotos pregadas nas paredes: fotografias das sete crianças a cada verão, naquela mesma casa, desde que nasceram até o presente. Havia também outras fotos, mais desbotadas, que Ismael presumiu serem dos pais e avós. De tudo o que tinha acontecido nesse dia isso foi o mais incrível: existia uma família que sorria, há décadas, em mares e praias como aquela. Ligou o celular que deram para ele e mandou uma mensagem de texto para o único número gravado:

A gente saiu da casa três.

Menos de um minuto depois, responderam:

Esperem na praia.

Saiu da casa e foi andando até o mar.

A espingarda pendurada no ombro e a lâmina da faca apoiada nas costas aplacavam só um pouco o que ele havia sentido desde quando os homens da picape apontaram a estância: era um trabalho grande demais para os três, não tinha como dar certo. Não *ia* dar certo. Pode ser que eles tivessem sorte uma noite, com uma casa. Seis noites, nove casas, era demais. Ismael sabia; e sabia que os homens da picape sabiam. E isso transformava o trabalho em outra coisa: um sacrifício.

5

Quem chegou pouco tempo depois não foi o homem do porto nem o chefe, mas um garoto da idade de Ismael, que apareceu (se é que se pode dizer *aparecer* para a velocidade de relâmpago com que o viram se aproximar) galopando em pelo um cavalo tão vigoroso quanto ele, com uma facilidade que só tem quem aprendeu a montar antes de andar. Veio pela beira d'água, perigosamente próximo das ondas que, por causa do vento e da maré, quebravam quase em cima da areia com um rugido de besta que havia alterado a paisagem: a praia, geralmente larga e plana, com mais de cem metros até as dunas, nessa noite tinha uma nova montanha de areia, contra a qual a arrebentação estourava. O fenômeno tinha deixado Alho aterrorizado, mais do que qualquer outro obstáculo com que eles tinham cruzado: deitado de bruços, observava de olhos esbugalhados a massa líquida que se elevava em paredões de água de vários metros de altura, enquanto a umidade da areia ia entranhando em seus ossos. Até essa noite ele tinha imaginado o mar como em um cartão-postal caribenho. Ao vendaval se somavam as rajadas de areia, que tornavam quase impossível abrir os olhos ou deixar de mastigar as pedrinhas miudinhas.

Porém, o que mais o deixara com medo foi que Ismael tinha mandado botar um terço de tudo o que tiraram da casa dentro de uma das mochilas, depois de perguntar se o solo debaixo do deque era de cimento ou de terra.

– A gente não vai fazer tudo isso a troco de nada.

Continuou a encher a mochila de computadores e câmeras, impassível, mesmo depois de a Baixinha implorar para não fazerem aquilo. Ismael sabia que iam demorar para vir buscar o material, e não era a primeira vez que enterrava parte do saque. Avançou quase quinze metros por baixo do deque, iluminando o chão com uma lanterna, até parar e cavar um buraco primeiro com a faca e depois com as mãos, já que a terra e os detritos dos primeiros centímetros se transformaram em areia. Fez uma cova larga o bastante para caber a espingarda. Não poderia carregar a arma durante os próximos dias, mas ficava mais tranquilo sabendo que em algum lugar da estância havia uma arma enterrada. Guida deixara bem claro na noite em que os deteve no Once junto com uma policial civil (a loura que recrutou a Baixinha) e os levou trancados na mala de um carro até o terreno baldio onde eles tinham enterrado um estojo de joias e uma nove milímetros que encontraram na segunda casa em que entraram: passá-los para trás era a pior traição.

– O cara pra quem eu trabalho me pediu pra apagar vocês – ele dissera, afetando a existência de um chefe que (eles sabiam) não existia – mas eu o convenci a dar uma segunda chance.

Foi nessa noite que entenderam que estavam marcados.

Guida tinha olhos na praça.

Nos bondes de moleques do Once corria o boato de que já tinham recrutado outros garotos antes deles, que evaporaram sem deixar rastros. O trio nunca mais ficou com nada depois disso. A sensação de estarem sempre sendo observados fez com que a carne tivesse uma resignação cristã, mesmo que naquele universo o Senhor fosse um segurança privado. Esse era o motivo pelo qual o Alho tremia, não pelo frio: mais de uma vez tinha pedido permissão para ficar com algum brinquedinho. Guida sempre negava. *Esse é pro meu neto mais novo*, disse da primeira vez, *e esse aqui o maiorzinho que fez aniversário ontem vai adorar.* No final das contas, eles fizeram um trato: o Alho podia pegar dois brinquedos de toda casa que tivesse crianças. Guida escolhia primeiro, ele ficava com a segunda opção. Aquele homem que afagava a cabeça dele comemorando as suas proezas era a coisa mais parecida com um pai que ele conhecia; mais de uma vez recolheu objetos antecipando o quanto seria parabenizado. Agora, à perturbação por desobedecer a regra de entregar tudo se somava o medo com a visão da espingarda pendurada no ombro de Ismael. Quando viu o cavaleiro se aproximando, olhou de relance para a Baixinha. A irmã levantou o queixo da areia alguns centímetros. O cavaleiro freou o cavalo em frente à casa. Fazia o animal se virar, devagar, agarrando-o pela crina, para espreitar a praia ao redor.

Durante alguns segundos ninguém fez nada.

O cavalo resfolegou duas vezes; percebia que alguém o observava, entocado no breu.

Foi o bastante para o garoto saber que eles estavam ali.

Assoviou.

Fez o barulho apertando os pés descalços contra os flancos do cavalo, firme para sossegá-lo. A Baixinha se ajoelhou na areia e pegou as bolsas de praia. Mas antes que chegasse a levantar, Ismael tirou as bolsas dela e fez um gesto para que esperasse ali.

– Eu resolvo.

Quando saía do deque, viu um fulgor ao longe que bem podia ser dos carros voltando. Apertou o passo sem se abalar. Anos de trabalho para Guida o haviam transformado em um samurai. De cima de uma das dunas pôde ver as duas casas vizinhas. Apesar de estarem a centenas de metros de distância, uma delas tinha as luzes acesas e através dos janelões era possível enxergar claramente o interior. Havia movimento no deque: um cabeludo tocava violão, outro cantava sem jeito, um grupinho de garotas dançava.

– Já, já você se apresenta lá – murmurou.

Saboreava a ideia de estar tão perto, esvaziando a casa do vizinho. Aí viu o cavalo na beira do mar, do outro lado da pequena cordilheira de dunas que mantinha as casas protegidas do temporal da praia, em um oásis sem vento. Alguma coisa na leveza do galope lhe deu certeza de que não era o homem do porto nem o chefe: tinham mandado alguém mais jovem e mais ligeiro; alguém que não soubesse mais que o indispensável. Viu que estava certo quando o garoto foi ao seu encontro, depois de perceber que Ismael havia parado a uma distância prudente do cavalo.

Movia o animal com as pernas (ou com a mente), sem usar os braços e sem dar comandos. Devia ter uns quinze anos e, assim como bastava uma olhada para saber que Ismael era um bicho da cidade, o garoto era pura simbiose com a aspereza da paisagem.

– Vim buscar o material – disse.

Não escondeu certa admiração com o saque.

Atou as bolsas de praia uma na outra e colocou-as penduradas de ambos os lados do cavalo. Depois tirou um celular do bolso, digitou um número e passou para Ismael.

– Oi, moleque – disseram do outro lado da linha.

Reconheceu a voz na mesma hora.

– Amanhã vocês vão entrar na casa quatro. Um pouco antes de anoitecer os caseiros vão embora. Tem quatro cachorros, mas eles vão estar presos. Pra entrar, o garotinho tem que trepar até uma claraboia que tem na sala da casa. Eles deixam aberta uns vinte centímetros para ventilar. É alto, mas me disseram que isso não tem problema...

Fez uma pausa, como se esperasse a confirmação.

– Não tem problema.

– Tá bom. Tem uma tela, mas com a navalha abre fácil. Do lado de dentro tem uma biblioteca que vai até o teto para ele descer lá embaixo. Acho que eu não preciso te dizer que se ele cair, vocês se encarregam de deixar tudo limpinho, tá claro, moleque?

– Tá claro.

– Se não der pra limpar, vocês vazam... tá claro?

– Sim.

– O alarme vai disparar, não é pra se assustar. A empresa demora quinze minutos pra chegar, se vocês forem rápidos já vão ter saído.

O homem do porto desligou sem se despedir.

E foi tudo, trinta segundos de instrução.

Ismael não ficou surpreso.

Era comum existirem arranjos para que eles entrassem nas casas, acordos com os empregados, com gente que fazia serviços... até gente da família. Por via das dúvidas, ele nunca perguntava. O garoto estendeu a mão para receber o celular de volta, guardou o aparelho no mesmo bolso, esporeou o cavalo com os calcanhares e antes que Ismael pudesse piscar já se afastava a galope.

O susto veio de trás, ao escutar alguém vir gritando para cima dele: Ismael se virou agarrando a faca e chegou a erguê-la no ar quando viu que era o Alho que corria para o mar, berrando igual a um transtornado para não perder coragem enquanto arrancava o jaquetão. Tropeçou tentando tirar a calça sem parar de correr, caiu de cara na areia, voltou a levantar, foi se arrastando por alguns metros, cuspindo uma mistura de saliva e areia, arremessou os tênis para o alto, deu uma rebolada para terminar de tirar a cueca, espantou um instante de pânico com mais um grito e investiu contra uma onda, que o engoliu de uma vez só.

Ismael se virou para a Baixinha, perplexo: ela também vinha correndo. Parou na beira d'água para tirar a roupa, com a mesma urgência do irmão, como se de repente eles estivessem de férias e não em uma operação criminosa, de noite, no meio de um vendaval que mal os permitia abrir os olhos e ficar em pé.

– Até aí, Alho! – ela gritou.

Embora o irmão não tivesse passado dali e a água lhe batesse apenas nos joelhos, cada onda o revirava como um boneco de pano. O vórtex de espuma, areia e sal era tão violento que, cada vez que botava a cabeça para fora – caído de bruços, cuspindo água, tossindo, e pedindo mais aos berros – a onda seguinte o afundava de novo. A Baixinha passou por ele com a calma gelada de uma sereia, ou de uma suicida. Foi andando em direção à arrebentação sem se intimidar com os paredões. Esperou até o último instante para mergulhar em uma onda prestes a estourar e ficou ali embaixo, flutuando, a barriga quase colada no fundo, sentindo a massa de água enfurecida se revolvendo acima do corpo enquanto o leito marinho permanecia tranquilo e silencioso. Com o prazer secreto de imaginar a angústia de Ismael, contou até trinta antes de vir à tona.

Havia aprendido a nadar no rio da Prata, sem ondas, mas com um tio adolescente mais selvagem que a arrebentação uruguaia: tinha só dois anos quando ele a jogou na água. O tio gostava de dizer que esse era o seu método pessoal para ensinar os sobrinhos a nadar, até que um deles foi levado pela corrente e o pai esvaziou meio pente de balas na cabeça do professor. A Baixinha não lembrava desse acontecimento, mas já tinham lhe contado tantas vezes que ela era capaz de ouvir os próprios gritos enquanto os pulmões do priminho se enchiam de água; embora esses talvez fossem os gritos dos pesadelos que a acompanhavam desde sempre. Foi a lição mais importante da sua infância. O método do tio a ensinou muito mais que a nadar: diante do perigo, ela se atirava de cabeça, afundava e depois esperneava até voltar à superfície.

– E aí, cagão! Vem! – gritou para Ismael.

Sabia que ele não ia querer, tinha pânico de água. Tirou o sutiã que o seu mergulho quase havia arrancado e enroscou em volta do punho, enquanto o Alho, da beiradinha, apontava outra onda, maior ainda que a anterior, que vinha se aproximando às suas costas.

– Baixinha!! – ele gritava, tendo um ataque de riso – Atrás, Baixinha!!!

Ela deixou a onda chegar bem perto, olhando para Ismael com um sorriso provocador antes de girar para furá-la. Não era a primeira vez que fazia esse tipo de deboche: toda vez que eles iam passear na Zona Norte, ela escandalizava os *playboys* da região tirando a roupa do lado das placas que alertavam para o perigo da água poluída e nadando até a pele enrugar. Mesmo que a ousadia lhe custasse uma noite inteira vomitando em um banheiro público do Once, valia a pena para mostrar para aqueles frescos que com ela um pouquinho de água suja não fazia mal nenhum: gostava de pensar que a careta indecifrável com que eles a olhavam não era medo, nem nojo, nem bronca... era respeito.

O mesmo respeito que os lourinhos sentiriam na manhã seguinte, quando entendessem que eles tinham entrado e feito a limpa na casa sem ninguém se dar conta. Afundou meio braço na espuma para arrancar o Alho de uma vala que o puxava de volta toda vez que ele tentava sair. Arrastou o irmão até a areia. Ele parou deitado de barriga para cima, tão agitado que não conseguia falar. A Baixinha desabou ao seu lado e por alguns segundos os dois respiraram no mesmo ritmo, ofegante a princípio, se olhando de rabo de olho e sorrindo. Então Ismael apareceu por cima de suas cabeças, emoldurado contra um fundo de estrelas que parecia as cartelas de adesivos fosforescentes que eles compravam no Once para decorar as paredes do vagão onde dormiam.

– Tem que ir andando – disse.

Olhava para a casa, inquieto, mesmo demonstrando, ainda, respeito pela ousadia da Baixinha (eram esses arroubos de atrevimento que os apaixonavam, embora eles nunca falassem de amor).

– Só um minuto – disse ela, ainda pelada.

Observando-a, Ismael sentiu que tudo se endurecia e se obrigou a virar na direção da casa: o brilho que, alguns minutos antes, vira no céu que cobria o bosque agora já não estava mais lá, do outro lado das dunas. Foi o que indicou com um gesto para a Baixinha.

– Acho que eles chegaram.

A Baixinha torceu o cabelo sobre o corpo do Alho, para tirar a areia do irmão. Eles juntaram a roupa que tinham espalhado na corrida.

Quando alcançaram Ismael, ele já havia chegado no corredor de acácias que crescia rente ao alambrado do vizinho. Foram subindo em fila indiana até o bosque que rodeada a casa. Ouviram motores, mas os SUVs não apareceram no caminho que ziguezagueava pelos cinco hectares, descendo do campo para o mar. Assim que chegaram no caminho principal da estância, eles viram: de farol alto, os carros atravessavam com velocidade de pedestre a ponte de madeira que ligava as duas metades da estância, separadas pelo braço de água de poucos metros de largura. Com reflexo rápido, antes que os veículos tivessem feito a curva no fim da reta Ismael já estava oculto no matagal do terreno oposto. Alho, por outro lado, olhou de frente para as luzes, que o cegaram, e ficou plantado no meio do caminho. Continuava sem ver absolutamente nada quando a Baixinha o ergueu pela cintura e o escondeu com ela no meio do capim alto que crescia na beira do caminho. Permaneceram imóveis até que os carrões tivessem passado roncando debaixo de seus narizes, levantando poeira. Alho chegou a ver um cacho de cabecinhas louras dormindo lá dentro... Ainda sorria quando se aproximou dos mais velhos, que estavam colocando as galochas e pegando as mochilas no esconderijo onde as haviam guardado. Deixou a Baixinha o ajudar com as botas e aproveitou para sussurrar no ouvido dela, abraçado no pescoço:

– Eu conheci o mar.

Ela devolveu o sorriso.

Poucas vezes realizava um sonho do irmão.

Nesse momento, Ismael lhe entregou o facão e deu um empurrãozinho no Alho para que ele ficasse entre os dois. Sabiam que não havia margem para um segundo de distração. Cravou os olhos no colchão de folhas onde afundava as botas, pronto para pular ao menor movimento. Apertou o passo para alcançar a irmã, que se afastava abrindo caminho a golpes de facão pelo terreno sem dono, de mato alto e fechado. Desenhava círculos imaginários com piruetas de guerreira guarani, desejando que uma serpente um cimarrón ou um javali resolvesse se meter com ela, para parti-lo ao meio. Com a faca na mão esquerda, Ismael deixou os dois se distanciarem um pouco para cobrir a retaguarda. Se um animal fosse atacar, o mais provável é que viesse por trás. Fazia anos que ele guardava as costas dos irmãos: no Once, com outro tipo de fauna, as coisas eram parecidas. Durante um tempo que para a percepção urbana do trio podia ter durado uma hora ou muitas (e que na realidade durou apenas alguns minutos), eles avançaram em direção ao morro em silêncio. Foi aí, quando o tédio da caminhada era marcado pelo ruído hipnótico da água e de uma brisa que na parte alta do campo só mexia as copas das árvores, foi bem aí que eles ouviram o tiro.

A Baixinha estacou de repente, o facão no ar.

Depois do tiro vieram dois gritos.

O primeiro foi de um homem; grave, longo e cheio de

raiva. O segundo, o lamento de um animal ferido. Sobre as suas cabeças, dezenas de pássaros voaram em todas as direções. Quase na mesma hora eles perceberam que alguma coisa se aproximava correndo.

Viram a vegetação se mover. Escutaram o barulho ofegante da matilha. Os cães saíram do meio do matagal, as costas e os focinhos cobertos de sangue. Três eram negros, enormes, idênticos, ágeis como panteras. Passaram na frente deles sem se deter; embora tivessem visto e farejado o trio, já estavam sem fome. Retardatário e sem ar, vinha um quarto, cruzo de pastor e salsicha (pernas curtas, pelo escorrido). Tinha um lenço rosa amarrado no pescoço e uma cauda peluda, mas absoluta inconsciência do seu aspecto burguês: corria com o mesmo ímpeto, coberto de sangue.

A fuga deixou uma trilha aberta na vegetação.

Magnetizada pelo perigo como sempre, a Baixinha mudou de direção para alcançar o lamento do animal ferido, como se aquele uivo moribundo fora um chamado para ela. Não desistiu quando Ismael tentou refreá-la. Nem quando, depois de um segundo tiro, fez-se silêncio. Seguiu os rastros de sangue no solo e nas plantas através da trilha talhada à força pela fuga dos cães. Depois de uma curva apareceu o massacre: devia ser uma dezena de ovelhas, estripadas, degoladas, quase todas mortas, umas poucas agonizando. Estavam do outro lado da cerca que separava o terreno sem dono onde os homens mandaram o trio se esconder durante o dia e um lote cultivado. Da mesma forma que a luz da lua tinha na praia um halo fosforescente, irreal, rebatida na espuma do mar, no campo alto ela deixava ver as coisas a distância, de um modo que seria impossível na cidade. As poças de sangue debaixo dos vultos brancos, por exemplo.

E a silhueta de um homem que, parado diante de uma ovelha que se contorcia, preparou a espingarda, mirou na cabeça do animal e disparou. Fez a mesma coisa com outras duas que estavam próximas. Depois tirou a boina e esfregou o dorso da mão no rosto para secar o que, de longe, a Baixinha não conseguiu distinguir se era suor ou lágrima. Também não teve como saber ao certo para o que ele olhava, embora imaginasse que o vulto negro, enroscado ainda com uma ovelha como se surpreendido pelo tiro no meio de um banquete, era um cachorro semelhante àqueles com que o trio havia cruzado no matagal. Então sentiu a mãozinha do Alho na sua.

– A gente achou um lugar pra dormir.

Deixou que ele a guiasse até uma velha caixa d'água, vazia e cheia de rachaduras, camuflada pela vegetação que recobria como uma segunda pele a escadinha enferrujada e os pés de metal. Ismael esperava os irmãos oito metros acima, fumando, com os olhos fixos na mata. Era o esconderijo perfeito: o interior da caixa d'água era um berço de concreto, ficavam protegidos pela altura. A Baixinha desabou ao seu lado e aceitou o cigarro que ele ofereceu. A caixa d'água era apoiada sobre uma base circular que fazia uma borda de um metro por todo o seu diâmetro, um mirante privilegiado para ver sem ser visto. Apoiou as costas contra a estrutura cilíndrica e esperou Ismael abrir duas latinhas tiradas da mochila. O atum e a nicotina fizeram maravilhas: no terceiro trago, a tontura já tinha evaporado. Não se importaram que o fundo da caixa d'água tivesse vários centímetros de lodo, único rastro da água que se infiltrara pelas rachaduras: dormiram doze horas seguidas.

Ismael acordou com o sol a pino no rosto. Nem o calor sufocante, nem o enxame de moscas, nem o corpo e o cabelo grudados de barro endurecido pelo calor haviam sido capazes de despertá-los: o Alho dormia à sua esquerda, as costas transformadas em um pimentão; a Baixinha roncava de um jeito gracioso, sem sentir o menor incômodo... a pele dela, ao contrário da brancura cheia de sardas do Alho (filhos de pais diferentes que eram), nunca ficava vermelha. Com a chegada do sol, todas as bondades noturnas da caixa d'água se tornaram pura hostilidade.

Acordaram empapados de suor, quase sem ar.

Aproveitaram a tarde para se livrar da sujeira e do calor em uma queda do rio que encontraram ali perto, com a água mais fresca e cristalina que já tinham visto; e tão tranquila que Ismael teve coragem de tirar a roupa e atravessar o leito até onde a Baixinha boiava deitada, com uma serenidade que ele não conhecia. Entreabriu os olhos ao sentir que o outro estava chegando.

– Quer que eu te ensine?
– Eu não sei nadar.
– É só flutuar.

Firmou os pés nas pedras do fundo e levantou Ismael como uma donzela, para ajudá-lo a ficar deitado de barriga para cima. Mesmo que ele tivesse o dobro da altura, na água não pesava nada.

– Solta um pouco a cabeça.
– Não dá...
– Enche o pulmão de ar.
– Não me solta – insistiu.

A Baixinha não obedeceu: tirou as mãos da água e mostrou para ele, para que visse que ela já não o segurava. Ismael teve um instante de pânico, que superou sem deixar de olhar para ela. Os dois sorriram. De uma pedra ali perto, o Alho dava bombas na parte mais funda do rio, nadava até a margem e voltava correndo para pular outra vez, até que a irmã o deteve com um assovio.

– A gente não tá de férias, doidão! Não é pra cansar!

Mas havia anos que os três não se sentiam tão leves. A Baixinha fez uma proposta séria para Ismael: eles podiam viver ali sem que ninguém os encontrasse, durante anos.

– Fazendo o quê?

– Isso.
– A gente ia sentir falta da cidade.
– Acho que não.
– Mas não tem certeza.
– Sim, eu tenho certeza.

Com o tempo, relembrando tudo o que estava para acontecer, Ismael entendeu que essa fora a última oportunidade de os três saírem juntos da estância. Era provável que, depois de um primeiro roubo tão bem-sucedido e abundante, já não os estivessem monitorando tão de perto. Tinham sido mais uma vez testados, para confirmar que eram tudo aquilo que Guida havia prometido.

São os meus melhores soldados, dizia para eles, vocês não esqueçam.

Na segunda metade da frase, disfarçada de afago, estava a ameaça. Treinou o trio na base das recompensas e do medo.

E eles cumpriram as ordens, como bons soldados: mesmo que o tamanho da estância deixasse pontos cegos por onde sair... eles ficaram. Esperaram de um lado da ponte que ligava as duas metades da estância até verem passar ali a caminhonete dos caseiros. Do assento do carona, a caseira acenou com a cabeça para os garotos. Não tiveram dúvida: eles sabiam. Não tinha nada improvisado. Mais de duas pessoas estavam repartindo o saque. Por isso é que havia garotos em todo o litoral fazendo a mesma coisa: era a única maneira de tornar o negócio rentável. Ismael foi andando até a casa quatro pelo caminho principal. Uma provocação à qual a Baixinha e o Alho se somaram encantados. Não se encolheram quando escutaram um motor se aproximando, nem quando uma moto parou ao lado deles com duas pessoas a bordo. E nem sequer pestanejaram quando a mulher que estava abraçada ao motoqueiro levantou a viseira do capacete para falar com eles, escondendo o seu desprezo debaixo de uma doçura fria.

– Isso aqui é uma terra particular, crianças – disse.

A Baixinha deixou o irmão ter esse gosto:
- Nós somos sobrinhos do caseiro do Beccar Varela.
Cem por cento crível pelo frescor e pela rapidez.
- O Miguelito?
- O Miguel é o meu tio – respondeu a Baixinha.
De rabo de olho, viu que o motoqueiro – por debaixo do capacete, da jaqueta de couro, da calça justa e dos coturnos (tudo preto e de marca) – sorria. Era muito jovem. O corpo dele tinha a metade do tamanho da mulher, que o abraçava igual a uma aranha.

A moto era importada e a garupa, onde ela viajava, era mais alta, de modo que a posição tinha um pouco de ridículo, de bólide prestes a se soltar no vazio. Como se o parentesco revestisse de direitos os garotos, a mulher abaixou a viseira com uma unha postiça, fez um cumprimento e, sem mais perguntas, deu um tapinha no rapaz para eles saírem em disparada na direção do mar. A casa quatro estava no coração de um bosque de eucaliptos cuja altura fora podada uns dez metros para que o janelão que dava para a praia tivesse vista para o oceano.

Era um grande retângulo de cimento e pedra.

A surpresa foi encontrar ali os cães negros com que tinham cruzado horas antes. Estavam de banho tomado, presos em umas jaulas que pareciam pequenos módulos japoneses dado o luxo asiático do seu interior: deitados de barriga para cima sobre tatames de tom pastel, um estava com o focinho apoiado em uma cumbuca de madeira e bebia água em goles curtos; outro brincava com a tela de arame que não o deixava sair; o terceiro mastigava um brinquedo que supostamente era uma ratazana feita de materiais ecológicos. Não latiram nem mesmo quando viram os estranhos em seu território: eles estavam com a barriga cheia de carne de ovelha, só queriam era dormir. Olharam para as bolinhas de carne moída oferecidas pela Baixinha com uma apatia burguesa que pulverizou o respeito que os bichos tinham ganhado quando saíram do meio do mato banhados de sangue. O trio deu a volta na casa procurando uma parede para trepar.

O Alho subiu nos ombros de Ismael e, saltando, se agarrou com os pés e as mãos na pedra, escalando dali para a claraboia. Conforme foram informados, ela estava aberta alguns centímetros e tinha uma tela fácil de cortar. Uma vez lá dentro, o Alho apoiou os pés na prateleira mais alta da biblioteca, que ocupava uma parede inteira. O alarme disparou no instante em que ele pisou no chão. Sereno, atravessou a sala para abrir o janelão.... E parou com um passo suspenso no ar ao ver a mulher da moto, pelada, saindo do quarto principal. Deu um passo para atrás e mergulhou na sombra, da mesma forma que os mais velhos do outro lado do vidro. A mulher andou até o alarme, para desativá-lo. Nesse momento surgiu o rapaz, pelado também, com umas perninhas de garça, longas e brancas.

– Tudo bem? – ele perguntou inquieto.

– Sim, coração, pode voltar pra cama... eu já vou.

Quase na mesma hora, o telefone começou a tocar.

A mulher atendeu.

Respondeu às perguntas de rotina, explicou que o alarme tinha disparado de novo, exigiu que viessem consertar de uma vez e disse a senha: sucesso. Fez tudo isso sem deixar de apreciar o perninha de garça, enquanto ele se distraía pela biblioteca observando diplomas e prêmios. Era a casa de um casal de médicos esteticistas. Usavam o apartamento na orla de Montevidéu de segunda a quinta, passavam os finais de semana e feriados na praia. Ambos toleravam com ternura (e alívio) os fetiches do outro: ele adorava colecionar bonecos, ela também.

Ele limpava e arrumava compulsivamente os bonecos nas prateleiras da biblioteca, que fora projetada com esse objetivo: possuía um panteão de super-heróis norte-americanos. Ela tinha mais prazer com os de carne e osso, sempre com menos de 25, em geral auxiliares ou pacientes, nos motéis nas saídas de Montevidéu. Era raro que os levasse para o apartamento, e jamais para a casa de praia. Por isso a escapada furtiva a deixava excitada como uma adolescente. A trama cômica na qual os três de repente se viram enredados deu mais uma virada quando eles escutaram um barulho de motor irrompendo no silêncio do bosque, e alguns segundos depois viram o carro fazendo a curva no caminho de entrada do terreno. Um careca cinquentão, em forma, com aspecto de jogador de tênis, correu para dentro da casa. Foi tão inesperado que os amantes não conseguiram fazer nada além de parar lado a lado. Mas o médico cumprimentou o rapaz como se fosse só mais uma pessoa com quem cruzava no consultório; era outro o drama que o mobilizava.

– Oi, Andrés.
– Doutor – murmurou o perninha de garça.
– O Cal já chegou? – perguntou para a esposa.
– O Cal?
– Você não sabe o que aconteceu?
Ela limpou o suor da testa antes de responder:
– O que aconteceu?
– Deu um tiro na Lola... matou ela.
– Ai, meu deus – murmurou a mulher.
Eles amavam os cachorros como os filhos que não tinham.
– Mataram as ovelhas dele. Dele e do inglês do lote de cima. O inglês fez uma denúncia lá de Londres. O Cal tá com a intimação, vai me trazer aqui.
– Intimação para quê?
– Querem sacrificar.
Ela agarrou a mão dele, sem fazer drama. Mas tão frágil que o médico tirou a jaqueta e pôs sobre os seus ombros. Acendeu um abajur, iluminando apenas um círculo que dei-

xou mais em evidência a nudez dos corpos. O abraço do casal fez com que o rapaz recuasse mais um passo.

– Será que eu passo um café? – perguntou.

Os dois ergueram os olhos ao mesmo tempo, quase surpreendidos de verem esse jovenzinho pelado no meio da sala.

– Sim, querido, por favor.

– E se veste, Andrés – ela sussurrou.

Do outro lado do janelão, sem escutar o que eles falavam, a cena não tinha sentido: a ausência de gritos, o choro dela, o abraço entre os esposos e o abalo do rapaz que, pelado, pôs a água para ferver antes de recolher a roupa que eles haviam esparramado pela sala. A Baixinha, perplexa, não conseguia fazer nada além de manter os olhos fixos no Alho, implorando para ele não se mover. Quando o feitor chegou, a galope, com o vulto negro enrolado em uma lona e amarrado no lombo do cavalo, os três já tomavam café na sala, vestidos. A chegada do homem, que trazia uma espingarda pendurada no ombro, foi precedida por vários uivos dos cães, que mesmo a distância farejaram a aproximação da mãe.

Ele desceu do cavalo e carregou a cachorra até o deque da casa. Pousou-a sobre a madeira com uma pancada seca e uma fúria muda que mal podia disfarçar.

– Desculpa ter que trazê-la assim – disse.

O médico sentiu uma náusea ao ver o estado da sua cadela. Havia uma década que lhe dava mais alegrias que qualquer outro ser vivo, fora as três crias perfeitas. Sem chegar perto, a esposa acendeu a luz. Não pôde conter um grito de horror. De onde estavam escondidos, a Baixinha viu que o feitor estava com a roupa e as botas manchadas de sangue.

– É lei do campo: cachorro louco a gente mata – disse.

– Tem certeza que foram eles, Cal?

– Eu peguei eles. Possuídos. Feito uma matilha de cimarrón.

Indicou a cachorra morta com o queixo.

– Tava estripando uma ovelha.
– Quantas eles mataram?
– Doze no meu terreno. Vinte no do inglês.
– Você tá dizendo que os meus cães mataram trinta ovelhas?
– Mais de trinta.
– Nem uma facção terrorista faria uma coisa dessas, Cal!
– Eu vi, patrão.
– Você viu o que fizeram no seu terreno, não no do inglês.
O médico ficou olhando para ele.
Quando voltou a falar, havia uma outra tensão na sua voz.
Cal tirou do bolso um envelope.
– Trouxe a intimação da polícia.
O médico abriu, sem pressa, e leu em silêncio.
– O inglês que fez isso? – perguntou, quando terminou.
Cal assentiu.
– Tenho ordens pra avisar qualquer coisa estranha que acontecer no terreno dele. Lá de Londres, ele ligou pros advogados. Rapidinho eles mandaram isso.
– Isso não está escrito como uma possibilidade, é uma acusação. Aqui diz que foram trinta e que você é testemunha.
– É o justo.
– Ir testemunhar contra os meus cães?
– Dizer o que eu vi.
– Mentir é o justo? Você compreende que eu posso te processar por injúria se você disser que *viu* uma coisa que *não viu*?
Quando o feitor levantou a cabeça, tinha uma coisa selvagem nos olhos dele.
– O seu advogado me ligou – disse – Me pediu os papéis.
– Eu estou a par.
– Mataram as ovelhas.
– Os animais têm papel, Cal.

– O que é que isso tem a ver?
– Se te roubam um carro, primeiro você tem que mostrar que era o proprietário, tem que mostrar os documentos. Com as ovelhas é a mesma coisa... e parece que essas ovelhas não existiam.

A frase foi uma provocação, um acirramento sem volta do duelo. O feitor mudou a espingarda de ombro.

– Perdão?
– Segundo me informou o meu advogado, elas não tinham documentação.
– Não tô entendendo o que você quer me dizer.
– Não tem sentido se meter em confusão por um par de ovelhas.
– Trinta.
– Mesmo que tenham sido trinta. São ovelhas, Cal!
– Eu não tenho família. Eu não tenho terra. Eu tenho ovelhas.
– Você me diz quanto elas custam e eu te compro trinta ovelhas novas!
– Não é assim que funciona.
– Como é que funciona? Me diz, como é que funciona, Cal!
– Vão mandar vir o canil buscar o resto.
– Eu não vou entregar.
– Você não pode...
– Aqui estão me ajuizando como acusado. O meu advogado está vindo de Buenos Aires. Até ele chegar, ninguém toca nos meus cães.
– Vamos embora – sussurrou Ismael para a Baixinha.
– Sem o Alho não.
– Isso não vai dar certo.

No meio do silêncio espesso provocado pelo intensificação da violência, eles reconheceram aquele cheiro, guardado na memória: todos os dias se deparavam com animais mortos nos trilhos. Os outros cães, enlouquecidos, tinham começado a latir desde que o feitor atirara o cadáver no deque. Mas a ferocidade no olhar do homem, cravado no chão como se em transe, era mais aterrorizante que os gritos de qualquer outro bicho.

Tanto que o médico deu um passo atrás.
– Se o canil não levar eles...
– Se acalma, Cal – suplicou.
– ...eu mesmo mato esses cachorros.

A mulher voltou para dentro da casa e agarrou o telefone para ligar para a polícia. O médico quis fazer o mesmo, mas não teve coragem de se mover. O perninha de garça abriu uma janela da cozinha, sufocado, mas logo depois um ataque de pânico o trancou no banheiro. Então o Alho viu a saída: aproveitou que todo mundo estava de costas para ele e correu até o quadradão aberto com fundo de mar, mergulhou de cabeça, rolou na areia e submergiu por debaixo do deque. Começaram a se afastar da casa no instante em que a Baixinha viu o irmão sair engatinhando por entre as acácias e não pararam nem quando escutaram os tiros.

Só deixaram de correr na hora que chegaram na caixa d'água.

Tinha começado a ventar e quando Ismael pegou o celular para mandar uma mensagem as primeiras gotas já caíam. As nuvens estavam tão baixas que parecia que enchiam o reservatório. Ele subiu na plataforma e esticou o braço para cima procurando sinal.

Mas mesmo assim: nada.

Estavam incomunicáveis.

– Fica aqui – disse para a Baixinha e o Alho.

Deixou os dois encostados no único canto da caixa d'água onde não chovia. A tampa, caindo aos pedaços, servia de teto.

Quando pôs os pés no solo, a vegetação estava se sacudindo com o vento e as gotas já o atingiam de lado, tão pontiagudas que doía. A sua urgência não era falar com o homem do porto, era buscar a espingarda. Amaldiçoava o fato de tê-la enterrado, desde que vira a matilha ensanguentada. Não serem pegos com armas era uma regra que subitamente não fazia mais sentido. Ismael estava desnorteado, tremendo de frio, porque a temperatura tinha despencado e o céu tinha escurecido tanto que ele só conseguia ver um metro à sua frente. Não esperava que fosse encontrar o caminho, transformado em lodaçal: deu um passo e afundou a perna até o joelho, deu outro e a corrente o derrubou e o arrastou alguns metros.

Quando abriu os olhos amanhecia.

Estava agarrado a um poste com as pernas e os braços.

Com corpo tão moído a ponto de sentir náuseas, abaixou a vista: estava com os pés enterrados em um atoleiro. Havia uma quietude estranha. Na neblina que o envolvia, o silêncio e a umidade eram tão cerrados que o zumbido dos insetos o perturbava.

Enfiou uma mão na jaqueta.

Tirou uma bolsinha de nylon onde havia guardado o celular antes de sair da caixa d'água. Era um costume antigo: estava sempre com ela. Anos de intempérie o tinham ensinado que bastava uma chuva para perder o pouco que se tinha. Como os polegares inchados escreveu: DEU ERRADO.

Quase na mesma hora, o telefone tocou.

– Vocês vão ter que ficar uns dias entocados, moleque.

Dava para ouvir a voz do homem do porto bem perto, como se ele estivesse ali mesmo, escondido em alguma dobra daquela cortina branca.

– A estância vai encher de polícia.
– O que rolou?
– O feitor matou os cachorros de um proprietário.
– Isso eu já sei – interrompeu Ismael.

E mordeu o lábio. Jamais teria afrontado o empregador se estivesse frente a frente com ele; tinha a seu favor a impunidade do isolamento.

– O que rolou *antes*. Vocês falaram que não ia ter ninguém.

O homem fez uma pausa, acusando o golpe da repreensão. Tinha anos que ele mexia com esses moleques... Sabia a hora de apertar e a hora de afrouxar.

– Tem coisa que sai do roteiro. A gente não é Deus.

Explicou, como se precisasse.

E emendou, com a doçura de um pai:

– Vocês estão bem?

– As provisões não vão dar – respondeu Ismael.

Ele também conhecia o jogo, sabia a hora de pedir.

– Amanhã quando amanhecer vocês vão até o ponto onde vocês entraram. A gente vai deixar mais duas mochilas. Com isso já dá pra ficar tranquilo.

– E hoje?

– Hoje vocês se viram. Vamos ver como vai ser amanhã, dependendo vocês ficam ou a gente tira antes.

– A gente quer sair hoje.

O homem fez outra pausa. Começava a se irritar.

– E vocês acham que isso importa? O que vocês querem... Bora, moleque. Facilita. Vocês estão num paraíso. Mata um bicho. Faz um piquenique. Tira uma folga.

Enumerou, calmo, com mais tédio que violência.

Estava sorrindo.

Ismael sabia, não precisava ver.

– Liga o telefone amanhã nessa mesma hora.

Também sabia, com certeza, que, se tentassem fugir, aquele homem ia lidar com eles igual o feitor tinha lidado com os cães negros.

6

Foi nesse instante que Ismael começou a matutar a fuga, enquanto guardava o telefone dentro da bolsinha de nylon. Saía em desvantagem: não dominava o terreno. No Once não existia canto que eles não conhecessem; escapavam da polícia, de outros bondes de garotos, de pais, irmãos, tios e padrastos se enfiando entre os vagões, correndo pelos tetos, deitando nos trilhos, dormindo nos matinhos, escondendo o que roubavam nas plataformas. Ele andou um bom tempo, desorientado, até encontrar a porteira da casa três. A névoa começava a se dissipar. De um platô do campo de onde se podia vislumbrar a cabana e o mar, viu que os adultos carregavam as crianças, várias delas dormindo ainda, para os carros que já estavam com os motores ligados. Mesmo de longe, Ismael percebeu a urgência. O mar continuava imóvel, o ar tão gelatinoso e úmido que dava para ouvir as vozes de perto, como se ele estivesse bem ali no deque com os lourinhos. Um dos garotos, que a mãe estava arrastando até o carro, chorava olhando para um homem que observava o êxodo paralisado, com uma bebê nos braços.

– Eu não quero ir pra cidade! Papai, por favor!

Sem muita convicção, o homem deu um passo à frente:

— Silvia, não tem necessidade de correr desse jeito.
— Não tem necessidade?! — explodiu a mulher. — Você tá de brincadeira comigo?!

A bebê acordou com os gritos e contribuiu para a choradeira.

— O demente do feitor executou três cachorros e você me diz que não tem necessidade?! Quanto tempo você acha que é necessário pra ele se dar conta de que o *seu cachorro* também estava lá?!

Com a violência de uma flecha, ela apontou para o leste.

Ismael seguiu a ponta daquele dedo indicador e encontrou o quinto cão, mistura de salsicha e pastor, que eles tinham visto saindo do mato banhado de sangue. O animal olhava para eles com o rabo entre as pernas, imóvel, os olhos enormes, o pelo reluzente de tanto que o tinham esfregado para apagar qualquer vestígio do crime. Havia conhecido o bando de filas pretos naqueles dias de praia entediantes que se repetiam, todos iguais, com uma dezena de crianças fazendo ele de brinquedo, mastigando as suas orelhas, atirando um pau para ele buscar ou atirando ele próprio no mar para ver como surfava as ondas que o chacoalhavam como um fantoche. Primeiro viu de longe: eram livres, elegantes, selvagens... Trotando no encalço das éguas que o casal de médicos esteticistas cavalgava ao cair da tarde. Agoniado com a monotonia, arriscou a vida por um tiquinho de aventura: foi atrás deles. Esperava latidos, rosnados, mordidas.

Tinha o plano de resistir.

Aconteceu uma coisa pior: foi ignorado.

Deixaram que ele se unisse ao bando sem nem sequer olhar na sua direção. Deixaram que comesse as sobras dos lobos marinhos que a corrente arrastava até a praia e que o sol em poucas horas terminava de apodrecer. Os filas não tinham nojo do cheiro nauseabundo da carne cheia de moscas: faziam baquetes e terminavam estirados de barriga para cima. A primeira vez que Gigo se juntou à festa voltou tão fedido que foi desterrado da cama em que dormia como um rei, no alpendre do caseiro. Não havia banho que pudesse tirar aquele seu cheiro de morte. Foi quando começaram as brigas entre os donos: para ela, a transformação de Gigo era atroz, para ele, umas férias da apatia burguesa em que vivia a pequena aberração. Por isso não deram muita importância quando souberam que o cachorro tinha aparecido dormindo do lado da piscina, todo sujo de sangue e com o ventre inchado. A violência da imagem ficou ofuscada depois que começaram a notar que faltavam computadores, câmeras e celulares. Foi no café da manhã, que eles costumavam tomar na parte do deque virada para o bosque, quando uma das louras se levantou para buscar uma câmera para filmar o primeiro passo da filhinha. Alguns minutos depois, voltou lívida: não só a câmera tinha sumido, como também o computador e os tablets de todos os seus filhos.

– Alguém mais perdeu alguma coisa? – sussurrou.

Na mesma hora, vários louros dispararam em diversas direções. E logo foram chegando os barulhos dos quartos.

Teve choro de criança, os gritos enfurecidos dos mais velhos e um surto de angústia da grávida: o pesadelo que tinha tido com uma mãozinha acariciando a sua barriga era realidade. Não havia dúvida. Fazia meses que não dormia um sono tão profundo; naquela manhã fora a última a acordar, zonza e enjoada. O avô ficou sentado diante de seu café, abatido: as férias estavam arruinadas. Ali acabavam quase duas décadas em que dormiram sem medo, com as portas e janelas abertas. Não havia dito para ninguém que também tinha tido dificuldade de levantar, e que uma dor de cabeça mal lhe deixava pensar. Muito menos que encontrou umas pegadas pequenininhas no banheiro: considerou sinistro que fossem crianças os responsáveis por deixar inconscientes a filha grávida e a neta para fazer uma limpa na casa deles.

Talvez crianças e adultos.

Aqueles pezinhos confirmavam a idade de pelo menos um participante do roubo. Quando voltou de Piriápolis, onde foi prestar queixa, as filhas e as noras informaram a ele que iam levar os netos para o apartamento da sua ex-mulher em Punta del Este, para terminar de passar as férias lá. O avô concordou, sem ânimo de convencer ninguém de que já tinham roubado a casa, não iam voltar. Mas dois de seus filhos as persuadiram pouco tempo depois, e, ao entardecer, enquanto as crianças davam um último mergulho no mar, ninguém tinha tanta certeza assim de abandonar o paraíso. Minutos depois que a lua saiu, quando já fritavam umas iscas de lula e abriam um vinho doce, escutaram os tiros.

Luisa estava sozinha no deque.

Emitia uns sons estranhos, mistura de uivo e lamento. Gigo estava do seu lado, farejando o ar. Ele não fora o único a se juntar à matilha. Ela também os acompanhava. Sentava-se a uma distância prudente e observava os filas comerem os restos de lobos marinhos, peixes e gaivotas. Tinham se acostumado à sua presença. Era comum se aproximarem para fazer festa quando viam a garota caminhando na praia. Luisa, que rejeitava qualquer tipo de contato, tinha começado a montar no lombo do cão mais jovem, que esperava ela se abraçar ao seu pescoço para sair galopando. Eles não corriam como cachorros, imitavam o andar dos potros. O resto do bando rodeava a garota montada e assim, em bloco, eles avançavam. Gigo os seguia a um quilômetro de distância, com a língua de fora. Luisa uivava de felicidade. Claro que esses passeios em que se afastava a galope com os cachorros gigantes eram completamente arriscados. Tudo era perigoso: ela podia sair voando, eles podiam cruzar com cães das chácaras vizinhas, algum deles podia confundi-la com uma presa... Mas quando proibiram, ela enlouqueceu. Tiveram que injetar um calmante e abraçá-la até que fizesse efeito. Os médicos aconselharam que deixassem. E então passaram a ir atrás. Toda vez que ela tomava o rumo da praia, um dos irmãos corria para o quadriciclo. Mantinham-se o mais longe possível, sem perdê-la de vista. O corpo de Luisa, que na cidade ficava fraco e lasso dos dias passados parada diante da janela que dava para o jardim, na praia se revigorava.

Além dos passeios com os cães, toda manhã ela dava a volta na estância: três quilômetros de praia, um pelo mata, mais dois voltando pelo caminho da cerca e quinhentos metros pelo caminho principal até cruzar com a porteira da casa. Embora passasse o resto do dia se recuperando, o avô a acompanhava, a caminhada a acalmava. E era o momento que tinha a sós com a neta, sem surtos de raiva e nem de angústia: uma hora a pé em silêncio durante a qual ela olhava para ele e sorria, como se fizesse contato. Na madrugada do roubo, o avô escutou um barulho de água e foi até a janela para ver o que estava acontecendo. No meio da escuridão, adivinhou a cabeleira albina da neta, parada em um círculo de água avermelhada na escada da piscina. Ainda estava escuro e frio, mas ela tinha mergulhado até a cintura e segurava Gigo com uma das mãos enquanto limpava o seu corpo ensanguentado com a outra. O cachorro boiava de barriga para cima, com o estômago tão cheio de carne de ovelha que chegava a cochilar, relaxado e pestilento.

Ele pensou que um dos dois estivesse ferido.

Esbarrou na cabeceira, em uma poltrona e em uma espreguiçadeira antes de se dar conta, pelo cheiro que o cloro não tinha completamente aplacado, que Gigo vinha de mais uma das suas incursões. Quando o festim era de fauna marinha, podia reconhecer o fedor de longe. O cheiro de agora, mesmo diferente, era igualmente intenso. Foi buscar sabão e levou Gigo para o tanque de lavar roupa. Depois limpou a piscina. Quando todo mundo se reuniu para tomar café-da-manhã, não parecia haver nada estranho até começar o drama. A ideia de terem sido roubados enquanto dormiam era apavorante.

A psicose coletiva do que poderia ter acontecido se as crianças estivessem em casa cresceu ao longo do dia, ramificando-se até extremos insuspeitados. Quando Washington, o caseiro, chegou perto do avô para contar o que Cal tinha feito (os boatos, na estância, corriam de caseiro em caseiro), o dono da casa se engasgou com o pedaço de carne que mastigava e contou para todos que Gigo participara do massacre. Já imaginava as consequências. Mas o brilho demente no olhar de Cal o havia inquietado desde o dia em que comprou a chácara. Se esse homem continuava dentro da estância e Gigo era o quarto integrante da matança que o enlouqueceu, preferia que levassem logo os seus netos embora. Washington já havia contado que na noite do roubo levaram a sua espingarda e a faca do filho. Ele tinha pedido que o caseiro não comentasse isso com mais ninguém. Mas foi esse o dado que fez a sua voz falhar ao prestar queixa na delegacia: o roubo podia parecer inofensivo, mas havia algo (que o avô atribuiu à metodologia, sem coragem de pensar que sabia o que podia vir pela frente) que o assustava. Teriam levado as crianças naquela mesma noite se não fosse o temporal que os forçou a se entrincheirar até o dia nascer. Por causa da proximidade do mar, as tempestades elétricas de verão balançavam as casas, faziam transbordar o rio que atravessava a estância e deixavam os caminhos intransitáveis. Nessas ocasiões, eles iam dormir com velas e lanternas. Para os mais novos era uma aventura: armavam acampamento na cozinha, o único ambiente da casa com paredes de alvenaria, que resistia às investidas do vento sem balançar.

Diferente dos demais, Luisa não se inquietava.

Pelo contrário, para ela era relaxante olhar para aquele emaranhado de raios que desenhava caminhos no ar, por cima do oceano. O avô, sempre fascinado com a neta, tinha uma teoria: tudo aquilo que ela tinha por dentro de repente estava do lado de fora, por isso que os temporais a deixavam tranquila. Nessa noite não demorou a dormir. E foi a última a acordar, na madrugada seguinte, ao escutar o choro das crianças menores. Quando apareceu no deque, a mãe arrastava o irmão caçula para o SUV. Demorou a entender o que estava acontecendo: as tias faziam as malas; os primos mais velhos arrastavam os mais novos para os carros; os gêmeos gritavam pedindo para não irem para a cidade. Luisa começou a rir, provocada por aquela sensação de perigo que ela não entendia, até que a mãe a agarrou pelo braço. Ela a afastou com um uivo de besta. O pai intercedeu: se tivesse necessidade ele levava a filha para a cidade mais tarde. A mãe respondeu com uma fúria assassina e muda. Havia um tempo que alguma coisa entre eles se partira. Acuados em uma beirada do deque, Washington e o avô observavam a retirada perturbados.

– Tem necessidade disso tudo, patrão?
– Eu calculo que não. Mas vai tentar parar essa gente.

Um dos filhos chegou correndo pelo caminho, sujo de barro até a cintura. Ia ser difícil passar, disse para o outro que estava dirigindo, mas não impossível. Alguns minutos depois, os carrões partiam em ziguezague pelo lamaçal. Quando não puderam mais vê-los ficaram em silêncio, ouvindo os motores que lutavam para não atolar.

Houve gritos, um ficou para trás, todos empurraram; afinal conseguiram sair. O avô, Luisa e seu pai se olharam de rabo de olho, parados lado a lado, com a sensação de terem sido varridos por um tsunami. Ninguém disse nada, mas compartilharam o alívio. Foi bem aí que se deram conta há quanto tempo não conviviam com o silêncio.

– Por via das dúvidas pode recolher os cachorros, Washington.
– Eu prendo?

– Pode deixar eles no alpendre, com cadeado.
Indicou Gigo com o queixo.
– Ele também.

Havia rumores de que Cal continuava detido na delegacia junto com os médicos esteticistas, depondo. Os donos das casas tinham passado a noite trocando mensagens até concordar com a proposta que lhe fariam: uma cifra considerável para que ele se demitisse e fosse embora sem maiores escândalos. Washington passara a noite acordado em uma das espreguiçadeiras do deque, se refugiando debaixo do toldo da cozinha, com uma velha espingarda que o caseiro de uma chácara vizinha tinha emprestado. Fazia mais de vinte anos que ele trabalhava para a família; tinha visto os filhos do dono crescerem e todos os netos nascerem. Não conseguia superar a raiva pelo fato de ladrões de galinha terem invadido a casa enquanto ele dormia. E muito menos teria se perdoado se soubesse que, enquanto se dirigia para a sua casa para descansar algumas horas, Ismael os espiava por entre os pinheiros que rodeavam a casa principal. Viu o caseiro prender os cachorros e esperou Luisa e os homens irem para dentro antes de submergir por debaixo do deque.

O solo ainda estava úmido.

Foi se arrastando até o buraco onde havia enterrado a espingarda e só precisou afastar um pouco a terra para encontrar o saque. Escutou passos acima de sua cabeça.

Ficou em silêncio, de barriga para cima.

Do mar vinha um vento carregado de sal.

Horas de intempérie e tempestade o deixaram camuflado pelo ambiente: estava coberto de terra, tinha restos de plantas nas roupas, os cabelos endurecidos. Além da espingarda, levou consigo as duas mochilas cheias de eletrônicos. Quando partiu, amanhecia. Uma garoa gelada terminou de despertá-lo. Duzentos metros terra adentro percebeu que alguém o seguia. Virou o corpo erguendo a espingarda. E estava a ponto de disparar quando entendeu que não era um cachorro, nem um javali, nem um cimarrón.

Luisa parou quando viu a arma apontada.

Não fez nem disse nada. Esperou.

– Tá fazendo o que aí, doente?

Ismael abaixou a espingarda, perplexo diante da falta de reação dela. Gritou, agitando os braços como teria feito para afugentar um animal. Luisa sorriu. E se apressou a segui-lo quando viu que ele se punha em marcha outra vez. Então Ismael deu meia-volta e a interrompeu com um empurrão que a fez cair de costas. Nada lhe dava mais medo do que o que não entendia. A beleza lunática daquela adolescente que sorria jogada no chão como se a irritação dele fosse uma gracinha o havia perturbado desde o primeiro contato que tiveram.

Que ela risse do seu grito o deixou paralisado.

Levantou Luisa a força, e agarrando o braço dela a arrastou por alguns metros na direção da casa, antes de soltá-la com outro empurrão, para que o impulso a levasse de volta. Mas ela estacou e se virou para ele outra vez. Dessa vez Ismael foi depressa até ela, levantando a espingarda e encostando a arma no estômago da garota.

– Volta – mandou, baixinho.

Luisa baixou os olhos para o cano que estava apoiado na sua pele. Não tinha nenhum traço de temor nos olhos, como se não tivesse consciência de que corria perigo, nem do que era o cilindro metálico que fazia cócegas na altura do seu umbigo. Quando ergueu a vista estava com um sorriso nos olhos, e uma doçura que deu um nó na garganta de Ismael, porque nunca ninguém tinha olhado para ele assim. Continuava vestida como na madrugada, quando a debandada da família a arrancou da cama: descalça, com uma regata azul--celeste e um bermudão de homem. Embora soltasse golfadinhas de vapor pela boca, não parecia sentir frio. Estava com as bochechas coradas por causa da corrida e a respiração ainda ofegante.

Era, da cabeça aos pés, encantadora.

Com a ponta do dedo indicador, acariciou o cano da espingarda. Fez isso com tanta inocência que Ismael deu um passo para trás, com medo de alguma outra reação imprevisível. Então escutou o avô chamá-la do deque. Por entre os pinheiros conseguiu ver que ele a procurava com os olhos, enquanto o pai corria até a casa de Washington para pedir que o caseiro soltasse os cachorros. Ainda não tinham visto os dois, nem ela nem ele.

– Pra que lado ela foi?! – gritou o pai, que não a vira sair.

O avô apontou o bosque.

Estava acendendo o aquecedor a lenha quando escutou a neta sair em disparada. Ao se virar, chegou a vê-la se perdendo entre as árvores. Não era a primeira vez que um arroubo a fazia escapar: uma lebre no meio do caminho, um lobo-marinho saltando entre ondas, um parapente no céu... Sempre tinha um motivo. Estavam acostumados a soltar Gigo para que ele os guiasse até ela. Sempre encontravam, às vezes depois de várias horas, perambulando em algum canto da estância sem a menor consciência da operação que fora montada.

A ideia de que ela também passasse os meses de inverno na praia foi dos médicos: aconselharam que a deixassem por lá uma temporada mais longa ao ver a série de progressos que tinha a cada verão. Em Buenos Aires, ficava meses sem dizer uma palavra. Já a haviam levado para todo tipo de especialista: psicólogos, pediatras, fonoaudiólogos, professores de canto, de judô, escolas de arte e de circo, e eutonistas, numerólogos e padres. Descartaram as hipóteses de autismo, surdez, mudez e de problemas motores, cognitivos e de aprendizagem. As cordas vocais, a língua, a garganta e os pulmões estavam bem. Todos os especialistas coincidiam em um mesmo diagnóstico: o mutismo de Luisa era uma atitude voluntária.

Não falava porque não queria.

– Já deu, sua doente – sussurrou Ismael – Eu não tô brincando.

Mas já não havia autoridade na voz dele, só medo.

Escutou os latidos dos cães chegando mais perto. Virou e saiu correndo, cortando o bosque na diagonal. Luisa foi atrás; primeiro no seu encalço, poucos segundos depois lado a lado, e quase na mesma hora abrindo uns metros de vantagem. Mesmo descalça, ela era mais ágil e conhecia o terreno de memória. Quando Ismael levantou os olhos do chão, viu que ela mostrava uma saída: uma trilha tubular que atravessava o matagal, do tamanho exato para eles conseguirem passar um atrás do outro. Era quase idêntico àquele outro corredor pelo qual tinham visto a matilha passar. Era a rota de saída que ela percorria todos os dias com os cães. Os filas tinham aberto caminhos até nas áreas mais intransitáveis da estância. Vendo que os cachorros estavam correndo na mesma direção de sempre, Washington deu a volta a cavalo para chegar antes na porteira. Achou que ela só estava repetindo o passeio habitual. Era o único detalhe que ele não contava para os pais de Luisa: que todo dia a perdia de vista por alguns poucos segundos quando eles se embrenhavam nessa zona do bosque. Tinha se acostumado a vê-la sair do mato correndo com os cachorros ou montada no fila mais jovem, como um bando de indígenas selvagens.

– O que aconteceu, Washington?! – gritou o pai.

E acelerou com força o quadriciclo para alcançar o caseiro. Mas ele nem sequer olhou para trás: já se distanciava a galope para a porteira. Quando desceu do cavalo para penetrar no bosque, chovia de novo. Já tinham se passado mais de dez minutos desde que os cachorros saíram do bosque sozinhos, com o faro extraviado pela tempestade. A água tinha borrado todas as pegadas. Pegou uma faca para abrir caminho, mas parou poucos metros depois: era impossível avançar a pé.

– Tem que pegar os carros – disse.

Foi aí, quando voltaram até a casa, que se equivocaram. Porque Luisa estava perto, atrás de umas acácias que dividiam os terrenos das chácaras como se fosse um muro. Quando enfim parou, sentiu dor. Olhou para baixo. Aos arranhões e roxos das pernas se somavam as marcas de sangue que vinha deixando, por causa dos cortes nos pés.

Um barulho do mato fez ela se virar...

A chuva apagava as pegadas, mas o faro dos cimarróns era apurado por uma vida inteira na intempérie: o que a esteve seguindo desde que vira a brancura esplêndida daquela carne correndo debaixo de seu nariz era um tipo jovem, de pelo listrado. Tudo parecia tão fácil que o animal foi caminhando até ela com calma, saboreando-a de antemão.

O primeiro tiro pegou o animal de surpresa.

Acertou em cheio o estômago, e o derrubou.

Ismael disparou uma segunda vez antes de se aproximar. Não abaixou a espingarda até botar o bicho de barriga para cima com um chute, para ter certeza que estava com os olhos abertos. Quando se virou, viu que Luisa tremia, e não era de frio. Estava com o rosto, os braços, as mãos, a roupa e as pernas salpicadas de sangue. Ele limpou a cara dela com uma mão úmida. Luisa se abaixou, devagar, e ficou de cócoras diante do cimarrón.

A vida na estância havia naturalizado a morte: não passava um dia sem que topasse com um espécime sem vida. Já tinha visto lobos-marinhos, lebres, gatos selvagens, e todo tipo de peixe e ave. Mas nunca tinha pousado a mão sobre a cabeça de um cimarrón. Muito menos de um que ainda estivesse quente.

– A gente tem que ir – disse Ismael.

Olhava em todas as direções, cada músculo alerta. A lambança era tanta que ele não entendeu de cara que parte do sangue era dela e não do animal. Logo que a chuva lavou as marcas dos tiros, percebeu que Luisa estava com as pernas e os pés machucados. Abriu uma das mochilas e tirou um tênis novo que ele mesmo tinha roubado da casa. Era metalizado e aerodinâmico, as solas brilhando com luzes que pareciam minúsculas cápsulas espaciais.

Descalçou as galochas.

Quando pôs o tênis, ficou paralisado ao ver que o cadarço amarrava sozinho, enquanto a palmilha se ajustava ao formato dos seus pés. Já tinha assistido toda a franquia de *De volta para o futuro* na mostra retrô de um cinema no Once, mas jamais imaginou que os tênis inteligentes realmente existissem.

Em um acesso de euforia, ficou dando voltas em Luisa e no cadáver do cimarrón, com a espingarda ainda pendurada no ombro, exagerando cada passo como se fosse o primeiro astronauta a pisar na Lua. Parou quando percebeu que ela tinha se curvado sobre o animal, abaixando a cabeça quase até o chão.

Ele também teve que se agachar para entender o que ela estava fazendo: olhava o cimarrón nos olhos, concentrada. Sempre fazia isso com os bichos mortos que os cães despedaçavam na sua frente. Ficava intrigada vendo esse instante em que um olhar se esvaziava para se transformar, de repente, em olhos de vidro iguais aos das cabeças de javali do avô.

Elas ficavam penduradas no escritório.

Luisa nunca se esquecia da cabeça de uma fera inventada que o avô mandara fazer na sua última viagem à África, com pedaços de todos os animais que tinha caçado. Essa besta mitológica com olhos de hiena, orelhas de elefante e nariz de hipopótamo deixava os netos fascinados. Era só Luisa erguer os olhos para aquela parede que o avô vinha abaixando a voz para contar das suas furtivas incursões de caça com Washington na área selvagem da estância. Eles iam durante o inverno, quando as casas estavam vazias. Luisa já os tinha visto mais de uma vez preparando as armas ao amanhecer.

Nunca a deixavam ir junto.

Ficava esperando no deque durante horas.

Depois ia rondar o telheiro onde Washigton tirava o couro do javali e preparava a carne para fazer um cozido. Os cães enlouqueciam com o cheiro e os restos de tripa, gordura e carne que o caseiro jogava para eles no final.

– Você não pode ficar aqui – insistiu Ismael.

Quando levantou os olhos para ele, parecia desorientada, como se tivesse acabado de se dar conta de onde estavam.

Ismael se ajoelhou na frente dela para enfaixar os seus pés com as próprias meias, tão velhas, sujas e úmidas que tinham se transformado em finas lâminas de tecido. Depois a ajudou a calçar as galochas.

– Não queria vir comigo? – perguntou.

Tirou a jaqueta, ajudou a garota a colocá-la e fechou o zíper.

– Bom, então vem – sussurrou.

Começou a caminhar em direção à caixa d'água. Luisa foi atrás, foi atrás igual um animalzinho vai atrás do dono quando fareja perigo.

7

A Baixinha estava com a cabeça do Alho apoiada nas pernas. Tinha arrastado o irmão até os dois ficarem espremidos debaixo dos poucos metros da caixa d'água onde a tampa servia de teto e dava alívio da chuva. Levantou a cabeça quando viu Ismael aparecer na escadinha de metal. Estava encharcada, os olhos ardidos de tanto chorar. Tinha feito um montinho de escombros para deitar o Alho sobre uma superfície seca. A primeira coisa que Ismael escutou foi um gemido, mistura de respiração pesada e lamento. Soube que tinha acontecido alguma coisa. Foi quando viu que ela estava com o facão na mão esquerda. Usou a arma para apontar os restos de uma serpente, esquartejada de um modo brutal, que tinha pendurado em um pedaço de ferro retorcido em cima de uma fogueira mínima, desajeitada, que ela acendeu seguindo mentalmente as instruções que ele repetira tantas vezes no vagão abandonado em que viviam.

– Não viu essa filha da puta vindo – disse.

Apontou outro canto, bem onde Ismael aterrissou do salto de vários metros para dentro da caixa d'água, e enterrou o tênis futurista em um lodaçal fundo, mistura de água da chuva, terra e resíduos do entorno.

– Ele tava parado aí, coitadinho. Picou no tornozelo. Ele deu um grito. Caiu de joelhos. Ficou se contorcendo enquanto eu parti ela ao meio. Você não sabe como é gostosa a carne dessa desgraçada.

Sorriu, irada, e agarrou uma das tirinhas de carne que tinha apoiado nas brasas. Enfiou na boca e mastigou com força, triturando o alimento. Ismael se ajoelhou na frente do Alho, que tiritava e suava ao mesmo tempo. Respirava com dificuldade, porque o ar doía no pulmão. Não teve que tocar para saber que era grave.

– Você aplicou o soro nele?

A Baixinha abriu a palma da outra mão: ficou apertando com tanta força a seringa e a ampola de soro antiofídico, vazia, que elas tinham se cravado na sua pele. Ismael removeu as lascas de vidro e passou a língua para limpar a ferida. Estava atordoada. Fazia dois dias que não dormia, mas era o medo de que o Alho morresse e não a falta de sono que não a deixava pensar com clareza.

– Coitadinho, não tava falando nada com nada.

Passar a noite inteira abraçando o irmão enquanto ele tinha convulsões, delirando, com o corpo intoxicado pelo veneno, a levara de volta àquelas outras noites em que um consolava o outro, se abraçando na cama que dividiam desde sempre, dependendo de quem fosse a vítima da vez das agressões e de tudo mais. Acomodou melhor o irmão nos braços antes de prosseguir.

– Ele não conseguia sair da casa.

Não precisou dizer mais nada.

Ismael entendeu a que casa ela se referia.

Nunca era a *minha* casa, nem a *nossa* casa. Sempre era *a* casa. Quando se mudou para viver com ele, passou meses acordando aos gritos. Não era medo, era raiva, raiva porque o sonho a fazia voltar à casa de onde tinha fugido, raiva porque o Alho continuava lá. Depois de dois meses, convenceu Ismael: foram buscar o seu irmão na saída do refeitório onde fazia a única refeição do dia e o levaram para o Once.

O Alho seguiu a profissão da irmã.

Ela tinha prometido que voltaria para resgatá-lo, havia oito semanas que se preparava para esse dia. Guida vinha avisando que eles tinham crescido demais, que precisavam conseguir alguém mais novinho, bem mais novinho, para continuar sendo úteis. Foi o argumento que faltava à Baixinha para que Ismael aceitasse incluir mais uma boca no bonde da praça, que já somava nove garotos entre cinco e dezesseis anos. A Baixinha jurou pelo San la Muerte que levava tatuado no antebraço esquerdo: se o Alho se salvasse, ela daria a ele qualquer coisa que quisesse. O pai dela tinha o santo tatuado no mesmo lugar, desde que chegara do Chaco aos quinze anos. Ele mesmo se encarregou de que os filhos, os próprios e os que eram uma cortesia dos clientes que usavam a sua senhora como mercadoria, tivessem o amuleto tatuado no corpo. Era o único santo para o qual se rezava na casa. Estava acostumada com as cobranças que ele fazia das promessas dos pais; as mortes precoces eram o que mais gostava.

Quando a febre começou a diminuir, ainda de madrugada, a Baixinha entendeu que sua própria promessa havia sido aceita. Então o Alho escutou a voz de Ismael e entreabriu os olhos. A primeira coisa que viu foi uma aparição: parada na borda da caixa d'água, emoldurada pelas nuvens da tempestade, ainda encharcada e com aquelas pernas longuíssimas e os cabelos quase brancos escorrendo pela pele, era uma aparição angelical, ou diabólica, dependendo do humor de quem visse.

O Alho sorriu para ela.

Luisa sorriu de volta.

Achando que estava delirando, a Baixinha ergueu os olhos para o céu.

Depois olhou de novo para Ismael, atônita.
– Você é retardado?
– Você quer que eu faça o quê? Ela me seguiu.
Ismael se levantou para apanhá-la ao ver que ela se preparava para pular. Mas não precisou: era mais hábil que eles. Caiu em pé, com a segurança de um felino. Sem sentir medo nenhum, se agachou na frente do Alho, como se fizesse parte do grupo desde sempre. Quando ergueu a mão para tocar nele, a Baixinha a agarrou pelo punho.
– Parada aí, queridinha – sussurrou.
– Deixa ela – interveio Ismael, vendo que a Baixinha não soltava.
– O quê, ela virou a sua cadelinha agora?
– Para de veneno.
– Quer comer ela? Ou você já comeu?
– Eu resolvo.
– Resolve o quê?
– Eu levo ela de volta.
– Ela te viu. Ela viu a gente. Não vai levar pra lugar nenhum.
– Ela não fala, Baixinha.
– Tá bom que não fala.
A Baixinha se virou para Luisa.
Segurou o queixo da outra, forçando-a a olhar para ela.
– A mim você não engana, sua lourinha. Tá entendendo tudinho.
– Solta ela. Você tá machucando.
– Não... Ela gosta.
Deslizou o indicador e o polegar do queixo para as bochechas, apertando de modo que a boca se transformasse em um biquinho.
– Não fala porque não quer – sussurrou para ela.
– Solta ela, Baixinha.
– Eu solto quando eu quiser.

Antes que terminasse a frase, Luisa se desvencilhou com uma cabeçada, abriu a boca e deu uma mordida na mão que a segurava. A Baixinha gritou, empurrou a outra para conseguir se soltar, mas Luisa não abriu mais a mandíbula, nem mesmo quando sua boca ficou cheia de sangue. Ismael teve que agarrá-la pela cintura e pelo pescoço para que ela soltasse. Ele a tirou de perto da Baixinha e a empurrou para outro canto. Demoraram para se recompor daquela situação desconcertante e daquele medo, sim, do medo, porque Luisa rasgou a pele da rival sem se alterar, sem gritar, com a ferocidade dos cães que acompanhava todos os dias. Um novo ataque de tosse do Alho fez com que a Baixinha se esquecesse da mão ensanguentada para ajudar o irmão a respirar.

Alheia ao drama que transcorria diante dos seus olhos, Luisa estendeu a mão no braseiro e apanhou uma tirinha de carne, que mastigou calmamente. Logo que conseguiram fazer com que uma tragada de ar trouxesse o Alho de volta, Ismael desabou ao lado da Baixinha.

– Ela não importa – disse – Vamos deixá-la aqui. Ela que se vire. A gente tem que ir embora. Pela praia. Direto pra essa cidadezinha.

– Piriápolis.
– São mais de dez quilômetros.
– Não importa.
– O meu irmão não consegue andar.
– Eu carrego ele.
– Sem avisar, você tá dizendo?

Ele fez que sim.

– Não se fode com essa gente, Ismael.

Mas o outro insistiu:

– A gente tem que ir.

A Baixinha ficou olhando para ele.

Tinham passado metade da vida trabalhando para esse tipo de homem e todos eram iguais: desobedecer significava suicídio. Uma fidelidade a toda prova era a primeira coisa que eles ensinavam. Que ele estivesse disposto a desobedecer, em um terreno desconhecido, sem ninguém para ajudar os três do lado de fora, esse era o medo. Alguma coisa lhe dizia que o trabalho para o qual eles queriam o trio ali dentro ainda não tinha chegado. Por isso valia a pena correr o risco de ter três menores em uma estância cheia de polícia. E agora perdiam o Alho, que era a chave para entrar nas casas.

– O teu irmão não serve mais.
– Eu sei.
– A gente sem ele também não serve.
– Tem que convencer eles.
– De quê?
– De tirar a gente.
– Eles não têm que saber.
– Mas Ismael...
– Você esqueceu o que eles fazem com quem não serve mais?
– Não.
– O que eles fazem? Esqueceu?
– Eu não esqueci!
– Então a gente não vai dizer nada, entendeu?
– Tá bem, sim.
– A gente vai sair sozinho daqui, entendeu?
– Sim, sim. Calma! – disse, afastando-o um pouco.

A Baixinha gritava, Ismael não. Ele nunca gritava.

Quando ficava nervoso, as veias de seu pescoço saltavam, ele repetia as frases e a sua voz saía estrangulada. Abriu a mochila. Remexeu dentro dela procurando alguma coisa que o acalmasse, comida, ou cigarro. A primeira coisa que achou foi o spray sonífero. Não deu nem tempo para Luisa reagir: levantou-a, agarrou-a pela nunca e apertou três vezes antes de desequilibrá-la, e outra três, prendendo-a pelo pescoço, até ela desabar nos seus braços. Luisa parou de se mexer quase instantaneamente, mas demorou mais de um minuto para perder a consciência. Durante todo esse tempo Ismael ficou segurando a garota, olhando nos olhos dela, escondendo qualquer vestígio de piedade porque era observado pela Baixinha, que sorria para ele enquanto enfaixava a mão machucada.

Quando a outra enfim se entregou ao sono, a Baixinha deu um assovio baixinho, comemorando.

– Você cuida do teu irmão – disse Ismael.

Colocou Luisa nos ombros.

– Eu cuido dela.

Desceu pela escadinha enferrujada e foi se afastando da caixa d'água mudando o corpo de Luisa de ombro toda vez que a câimbra ficava insuportável. Quarenta quilos de peso morto eram muito para uma compleição de espantalho, porque Ismael, mesmo sendo puro músculo, era quase tão magrelo quanto ela. Quando o formigamento tomou conta de ambos os braços, ele se deteve. Chegou perto da margem do riacho que cortava o morro e a recostou sobre o mato alto, que fez as vezes de berço e onde cresciam, aqui e ali, margaridas selvagens. De repente os passarinhos cantavam e um vento fresco varria a tempestade para longe e fazia com que tudo parecesse novo, terno, tranquilo, como nos universos de animê que ele via na sessão da meia-noite do cinema do Once: as cores brilhavam com os raios de sol rebatidos pelas gotas de chuva que ainda cobriam as folhas.

Ele já tinha comido nesse dia? ...no dia anterior?

Não se lembrava, mas de repente estava sem ar.

Deitou junto a ela.

Com a boca entreaberta, os cílios tão longos que se emaranhavam uns nos outros, ela era a protagonista perfeita do universo animado. Foi o que ele pensou: que era assim que um japonês a desenharia. Apoiou a nuca nas mãos espalmadas e levantou as pernas para olhar o tênis futurista.

No protagonista ele desenharia esse tênis, pensou.
Virou a cabeça para ela, atraído por um ronronar.
Mais que tocar, sentiu o impulso de cheirar.

Começou pela boca, deslizou para a têmpora esquerda, dali para baixo, passando pelo pescoço, pelas clavículas, o decote, com o nariz a milímetros da pele dela, aspirando esse aroma que o deixava arrepiado até o último fio de cabelo. Ficou de quatro em cima dela, apoiando uma mão de cada lado, e foi descendo até o umbigo que despontava, tímido, por baixo da camiseta.

Ali, como se houvesse um ímã, apoiou a testa.
Há tanto tempo comia poeira.
Bocejou.

Quando abriu os olhos estavam os dois encharcados de suor, colados um no outro. O sol já se adivinhava por trás das nuvens quando ele deixou Luisa deitada no acostamento do caminho principal da estância. Quando ia tirar as galochas, apareceu um homem cavalgando ao longe, com um andar tão rápido e silencioso que Ismael não o viu se aproximar até que só deu tempo de se esconder entre as acácias. Dali espreitou a cena: o homem era o caseiro, Washington, que por pouco não pulou do cavalo em movimento quando a viu. Ismael aproveitou o reencontro (o caseiro chorou de alívio ao ver que, mesmo sem reação, ela respirava normalmente, mergulhada em um sono profundo) para regressar ao morro. Não ignorava que tê-la deixado com as galochas calçadas aumentaria a caçada nas horas seguintes. O avô foi o primeiro a notar isso, depois do alívio, depois da alegria de ver a neta chegar nos braços de Washington.

– Ela estava descalça quando saiu.

Observou as botas em silêncio: era vários tamanhos maior que os seus pés. Alguém tinha estado com ela, alguém que calçava um número muito maior. E não era só isso: Luisa nunca dormia assim. Tinha um sono leve, desses que os mínimos ruídos conseguem atrapalhar. Mas nem o galope, nem os gritos de alívio, nem os abraços do pai e do avô, e os latidos de Gigo, e a terem carregado do cavalo até a casa, e enfim a terem posto deitada no seu quarto; nada fez com que ela acordasse. Embora os batimentos estivessem normais, ela *parecia* inconsciente.

– Nós temos que prestar uma queixa, filho – disse o velho.

Esperou o filho dizer alguma coisa. Olhou de esguelha para ele.

– E levá-la para averiguação – acrescentou.

O pai de Luisa ficou com um nó na garganta.

– Por que pra...? Você acredita que...?

– Não sei.

Mas de uma coisa não teve dúvida: nas horas seguintes Luisa dormiu com a mesma placidez que ele havia sentido na noite do roubo. Alguma coisa se fazia cada vez mais sinistra.... Será que quem entrou na casa enquanto eles dormiam agora tinha levado a neta? Para que continuavam a rondá-los se já tinham feito a limpa na casa? Por que sumir com ela por algumas horas e devolvê-la intacta? Ela estava intacta? A cabeça dele subitamente se enredou em uma lista de perguntas que não tinha coragem de responder. Para silenciá-las, começou a se mexer: convenceu o filho a ficar com a neta enquanto ele ia registrar outra ocorrência e compreender se a transportava antes de acordar até o hospital de Piriápolis.

No caminho, deixou uma mensagem no grupo dos proprietários: convocou uma reunião de emergência, e tanta era a angústia na sua voz que até chegar na cidadezinha já tinha se armado um encontro para aquela mesma noite, na casa de Mitre. Mesmo antes de confirmar, sabia que a batalha estava perdida. Durante anos, por mais de uma década, ele fora o único a defender que a estância não se abarrotasse de seguranças armados e cercas elétricas. Mão de obra desempregada, muito mais incerta que os ladrões de galinha que talvez pudessem se meter nas suas casas. Uma vez que desembarcassem na estância, uma vez que entendessem a rotina dos donos, uma vez que conhecessem as casas de cabeça, aí sim eles estariam desamparados. Freou a SUV ao ver o caseiro de Beccar Varela parado no portão de serviço que ficava no final do último terreno, perto da praia. O homem estava colocando ali um segundo cadeado e uma segunda corrente, ambos com o dobro do tamanho.

– O que houve, Miguel?

O caseiro mostrou para ele um molho de chaves idênticas.

– Me mandaram reforçar aqui. Não te avisaram?

Chegou mais perto para dar a ele uma cópia da chave.

– Não – disse o avô, incomodado.

E logo respirou fundo para abaixar o tom. Era comum que se inteirasse de decisões que tomavam sem consultá-lo, em especial no que tangia a questões de segurança.

– Parece que vão colocar uma guarita aqui também.

Começou a subir o vidro, mas um gesto do homem o deteve.

– Você não viu por acaso três garotos andando por aí?

– Garotos?

– Estão dizendo que são meus sobrinhos.

A modo de resposta, o avô abaixou o vidro.

– São quantos?

– Um bem novinho. Outros dois adolescentes.

Minutos depois, chegando ao cruzamento com a estrada que margeava a costa até Piriápolis, o avô parou a SUV quando viu dois garotos sentados debaixo da barraca de sapê do russo. Ela, ele conhecia: tinha uns vinte anos e corpo de atleta, magro, musculoso, sem curvas, e há tempos visitava o russo que havia comprado o maior terreno da estância. Washington tinha contado que o russo e a atleta "só jogavam ping-pong". E insistiu, sério, vendo que a informação provocou gargalhadas na mesa: eles não comiam juntos, não passeavam juntos e só trocavam umas poucas palavras, porque ela não falava russo, ele não falava espanhol e o inglês dos dois era limitado. O russo era o proprietário mais excêntrico da estância. Só sabiam a sua nacionalidade e que não tinha esposa nem filhos, apenas amigas platinadas com as quais caminhava na praia nas poucas semanas do ano que passava na sua casa de Punta.

O garoto que estava na praia com a atleta nesse dia tinha a mesma aparência que ela, embora a garota estivesse de biquíni e ele vestido para o inverno, com jaqueta impermeável e um tênis fluorescente que se podia ver a quinhentos metros de distância. Dividiam uma cerveja. Dava para enxergar que estavam tranquilos e à vontade, como velhos amigos.

O avô pôs a SUV em movimento, afastando-se em direção à cidade. Pisou no acelerador pensando nas pegadas pequenininhas que tinha encontrado no seu banheiro na manhã seguinte ao roubo. Nunca imaginaria que eles tinham acabado de se conhecer e que naquele mesmo instante o garoto repetia, por ignorância ou falta do que dizer, a mesma mentira já gasta.

– E você, é daqui? – perguntou Ismael.
– Bom, daqui você tá dizendo daqui...
A atleta apontou a praia de um jeito jovial.
– Ninguém é.
Ismael retribuiu o sorriso, se sentindo um idiota.

A garota não tinha acreditado que Miguel era seu tio, disso ele se deu conta na mesma hora, enquanto se embrenhava na explicação de uma árvore genealógica confusa que o ligava ao caseiro de Beccar Varela. Igualmente evidente era que ela não estava nem aí se o garoto mentia, se era sobrinho de alguém ou se estava só dando uma volta na praia.

– Não, claro, tô querendo dizer... de, do...
Olhava para ele de um jeito que o fez gaguejar.

– Uruguai. Também não. Eu sou argentina.
– Mas a tua família tem casa aqui?
– A minha família tem uma casa em Buenos Aires, mora em Liniers. Aqui eu sou visita.

Foi ela quem provocou o encontro com Ismael. Viu-o sair do meio das acácias que separavam o terreno do russo do vizinho e andar pela praia até o limite oeste da estância. Ele não viu a garota de cara: estava submersa em uma barraca de sapê que tinha ficado quase soterrada depois da tempestade.

Com um baseado em uma das mãos e uma cerveja na outra, ela foi seguindo Ismael com os olhos. A estância era tão afastada de tudo que dava para contar nos dedos de uma mão as pessoas que circulavam pela praia. Era preciso caminhar muitos quilômetros. Poucos eram os carros que paravam diante do portão principal, menos ainda os que não se intimidavam quando o guarda vinha dizer que ali era propriedade privada. E se contava nos dedos de uma mão os que sabiam que os caminhos principais eram públicos e que restringir o acesso era ilegal. O resultado era que as praias da estância, mesmo sendo públicas, acabavam virando privadas e desertas. Por esse motivo a atitude de Ismael, que ficou parado examinando como entrar e sair da estância pela praia, chamou a sua atenção.

– Ladrãozinho – murmurou, alerta.

Mas os seus braços e as suas pernas tinham o dobro de massa muscular do garoto, e além do mais ela estava com um tédio mortal. Quando ele se virou e a enxergou, ela levantou a garrafa de cerveja, oferecendo um gole.

– Quer? – perguntou, com o cenho franzido.

Ismael aceitou os dois.

– Senta aí.

– Na verdade, eu tenho que...

– Uma hora dessas é melhor sair do sol – insistiu.

Ismael se sentou, não muito convencido.

Estava inquieto, fazia muito tempo que tinha se separado do Alho e da Baixinha. Depois de deixar Luisa naquela beira de caminho, começara a caminhar em direção à última chácara sem pensar por quê.

Queria ver qual era a dificuldade de sair da estância pela praia. Ficou surpreso que não existisse nada: nem um alambrado, nem uma guarita. Eles podiam sair a pé. O difícil seria carregar o Alho quase inconsciente por tantos quilômetros, porque eram minúsculos os contornos dos poucos edifícios de Piriápolis que dava para ver no horizonte. Era certo que os homens iriam procurá-los. A não ser que tivessem deixado um molequinho igual a eles montando guarda no terraço da única construção que Ismael pôde ver em um raio de quilômetros, na margem da estrada: um prédio circular, sem estilo, ou melhor dizendo uma mescla de todos os estilos. Parecia abandonado, estava com várias janelas quebradas.

– Era uma boate – disse a garota, acompanhando o olhar do outro – *Moonlight*. Fecharam há alguns anos. Faziam umas festas com menores de idade e uma menina morreu.

Ismael observou intrigado, sem esconder a curiosidade.

– E você tá de visita por quê?

– Eu jogo ping-pong – disse ela, sem rodeios.

Ismael sorriu com a resposta.

– Eu também – debochou – Você joga bem?

– Eu sou campeã nacional.

Ele se engasgou com a fumaça, desconcertado.

– Você é a campeã nacional?

– Sim.

– De ping-pong?

– De tênis de mesa – disse ela, rindo. – O dono dessa casa é o meu patrocinador. A gente se conheceu tem uns anos, nas últimas Olimpíadas. Ele pediu uma reunião com o meu tio, que é o meu tutor, e com o meu treinador, e ofereceu tudo,

tudo, tudo o que a gente quisesse. Em troca pediu pra eu usar as marcas dele. E pra eu passar quinze dias do verão aqui e quinze dias do inverno na casa dele em Aspen.

– Fazendo o quê? – sussurrou Ismael.
– Jogando ping-pong. Com ele.
– E ele joga bem?
– Bastante.

Ismael ficou a observando enquanto prendia a fumaça no peito. Olhou ao redor, embasbacado.

– Cadê ele?
– Em Moscou. Vem de quinta a domingo.

A gargalhada que vergou o corpo de Ismael para frente, primeiro, e para trás, depois, forçando-o a se recostar na areia, fez com que ele cuspisse e tossisse e se revirasse como um verme diante do sorriso dela que, apesar da cena patética, se pegou pensando que tinha gostado do garoto, com toda aquela cara de pau. Assim que o riso dos dois se extinguiu por completo, em estertores moribundos, ela espanou a areia da testa dele e deixou a mão pousada sobre a sua cabeça.

– Quantos anos você tem?
– Dezesseis.

Ela olhou para o céu, mordendo o lábio.

– Ê, não, dezesseis... É muito...
– Muito?
– Novo.

Ismael se apoiou em um dos cotovelos para olhar para ela, algo ofendido.

– Pra jogar?
– Pra transar – disse ela.

E enterrou o baseado na areia.

– Jogar a gente pode, quer?

A proposta fez Ismael lembrar que tinha que ir embora.

– A gente toma umas vodcas. Vodca russa.

— É que eu tô com a minha namorada e o irmão dela... e a gente teve um, um...

A garota congelou. Toda leveza e excitação evaporou num piscar de olhos, ao perceber a densidade que de repente surgiu.

— ...problema.
— Que problema?
— Ele foi picado por uma... a cobra, uma, uma...
— Cruzeira?

Ismael fez que sim.

— Uma cruzeira filha da puta – disse.
— Mas ele é menor?
— Seis.
— Tem seis anos?
— Isso, seis.

A garota pôs a mão na boca.

— Vocês deram soro?
— Sim. Mas ele não tá bem.
— É que o soro só funciona em adulto.

Ismael se sentou. Esfregou os olhos.
Fez movimentos circulares com os ombros.

— Onde ele tá? Tá no Miguel?

Quando abriu as pálpebras estava em uma praia deserta.
Com uma estranha.

— Quem é Miguel? – perguntou alguém, que era ele.
— O teu tio!
— Ah, sim, quer dizer, não. Na caixa d'água.

Ela ficou olhando para ele, matutando...
Já não sentia o álcool nem a maconha no sangue.
De repente entendeu tudo.

— Vocês não conhecem o Miguel – disse baixinho.

Ismael sustentou o olhar.

— Vocês tão sozinhos? – perguntou a garota.
— Tamos.

– Traz ele aqui.
– Como assim traz?
– O mais rápido possível.
– Pra cá?
– É, pra casa... Vocês entram por cima.
Ela também se ergueu, para ficar na mesma altura que ele.
– Olha pra mim – mandou.
Esperou Ismael prestar atenção no que ia dizer.
Ele se concentrou na boca da garota, porque ela começou a falar depressa, muito depressa: falou de uma máquina que o russo tinha em casa, de uma terapia de eletricidade que modificava o comportamento dos genes, do sistema regenerativo celular, de campos eletromagnéticos e de engenharia clínica, de uma lesão no punho que ela tratava com a máquina há anos, do treinamento que ela tinha feito pra usar a máquina, que foi parte do acordo, ela disse, jogar ping-pong e fazer a terapia, ela disse, mostrando o punho esquerdo, eu já teria parado de jogar há anos se não fosse essa máquina, ela disse, traz ele, traz ele logo, o programa no nível mais alto pode provocar o sistema imunológico a produzir anticorpos, ela disse, separando os glóbulos vermelhos dos brancos, entendeu?
Ismael não entendeu nada, mas nadica de nada mesmo.
A única coisa que conseguiu foi repetir para Baixinha que tinha encontrado uma maneira de curar o Alho, que estava desacordado e empapado de suor quando ele voltou para a caixa d'água.
Ela olhou para Ismael com mais medo que raiva.
– Você tá drogado – disse.
– Tô. Mas o russo existe. E essa máquina também.
Beijou o polegar.
– Eu juro pra você.
A Baixinha não acreditou, mas eles não tinham nada a perder. A melhora do Alho havia durado pouco; antes de o

sol começar a cair o veneno já ganhava a queda de braço com o soro. A máquina do russo era melhor que se dar por vencida, e por isso ela deixou que Ismael carregasse o irmão nos braços, enquanto eles refaziam a trilha que já conheciam de cor.

8

A CASA NOVE NÃO era igual às outras: um muro altíssimo a rodeava, guarnecendo todo o perímetro do lote como um forte. Atrás dele, era possível adivinhar as copas das árvores, se estendendo por metros e mais metros até o coração do terreno, onde devia ficar a casa. Nas outras oito casas, não eram claros os pontos onde uma terminava e a outra começava. Algum alambrado encoberto pelas acácias e grandes áreas comuns apenas definidas por cercas simples de arame. As porteiras nem tinham cadeado, e era possível pular ou dar a volta nelas sem muito esforço. O russo, ao contrário, parecia ter se preparado para uma invasão: havia câmeras de segurança a cada poucos metros, uma concertina por cima do muro e um portão de ferro maciço, instransponível, como único meio de entrada. Era um portão de dimensões tão inabarcáveis que a Baixinha e Ismael, carregando o Alho, se sentiram mais sozinhos do que nunca parados diante do interfone em uma das laterais. *É um suicídio*, a Baixinha pensou olhando de frente para a câmera, mas não chegou a dizer.

Uma luz vermelha acendeu no interfone.

– Já vou – disse a atleta.

Ismael e a Baixinha se olharam de rabo de olho, mas

um gemido do Alho fez eles se lembrarem de que estavam entregues. Vários minutos depois, o portão se abriu com elegância, sem arrastar no chão e sem o menor ruído, como se tivesse uma tecnologia espacial. O insólito era que, tendo comprado um paraíso do outro lado do mundo, o russo arrasara a vegetação uruguaia para projetar uma paisagem japonesa: em meio a dois lagos artificiais rodeados por juncos, pedras redondas, montinhos de grama aveludada e uma vegetação podada com precisão neurótica, eles viram chegar um carrinho de golfe reluzente dirigido pela atleta. Ela parou o veículo diante dos três e, durante alguns segundos, não fez nada. Não fez mais que ficar observando, como se quisesse comprovar, antes de se aproximar, a história que Ismael tinha contado: viu o garotinho no seu colo, com as pernas, os braços e a cabeça caindo inertes, e viu a menina que estava em pé ao lado deles, com o olhar vazio de quem já há um tempo tinha perdido toda esperança.

Seja lá o que ela enxergou, ficou convencida.

Botou a cabeça para fora e fez um sinal urgente para os garotos chegarem mais perto. Por cima de suas cabeças, a Baixinha escutou dois cliques: as câmeras que logo antes estavam direcionadas para o caminho giravam lentamente, acompanhando os seus passos.

– Tamo afundado até o pescoço – sussurrou para Ismael.

Apontou as câmeras com a cabeça.

– Desde sempre – ele disse, seco.

A atleta saltou do carrinho e deu a volta para abrir a parte traseira, que tinha um espaço para colocar os tacos de golfe. Quando viu o Alho de perto parou e levantou a vista para os mais velhos. Esteve a ponto de dizer que, mais do que máquina, precisavam de uma ambulância, mas na mesma hora soube que eles não iam pedir ajuda. Se o garotinho tinha alguma chance, era dentro da casa. Afastou as bolsas cheias de tacos e, ao ver que o espaço não era suficiente, tirou uma e jogou na beira do caminhozinho. Depois acomodou um cobertor e fez sinal para Ismael. Foi nesse instante que viu que o cano que mal aparecia por trás do ombro dele era uma espingarda. Quase falou que tinha sido um erro oferecer ajuda. Mas logo apertou o botão do controle remoto na sua mão e o portão começou a se fechar. Vendo que ele desconfiava, insistiu:

– Deita ele aí. Vai ficar frio.
– Tem certeza que não tem ninguém?
– Ninguém. Os caseiros só voltam na segunda.

Ismael colocou o Alho deitado e o enrolou no cobertor.

O caminho até a casa era descendo para a orla.

Com a tarde caindo, um vento gelado vinha do mar, assoviando por entre dois paredões de pinheiros. Ao contrário do jardim, que era em tudo extravagante, a casa que apareceu depois de uma curva era um retângulo de concreto com extensas superfícies de vidro, elegante e sóbria. Parecia mais um edifício público do que uma casa de férias. Ismael e a Baixinha pararam para olhar uma estátua em tamanho real: era um homem que fitava o céu com as mãos na cintura, desafiando o futuro.

– E esse quem é? – perguntou Ismael.
– O russo – disse a atleta.

Penteado com gel, de terno justo e uma expressão sonhadora, parecia mais um ator de cinema que um magnata. Mas nada se comparava com o que os esperava do lado de dentro, onde não havia rastro do estilo arquitetônico stalinista da fachada: centralizado acima de uma lareira renascentista, o russo sorria para eles em uma pintura a óleo, no meio de uma tribo africana. Estava descalço e com o torso nu, a sua palidez acentuada pela negrura azulada da pele dos que o rodeavam. A atleta foi entrando direto: o estado do Alho a tinha inquietado desde o momento em que o viu de perto. Enquanto subia o primeiro lance da escada que trespassava os quatro andares da casa, recortada contra os janelões que davam para o mar, olhou de relance para uma das câmeras. Não ignorava que estava deixando os rostos daqueles garotos ficarem gravados. Mas ia garantir que eles estivessem fora dali em 24 horas. Acima de tudo, sabia que o russo a elogiaria por testar o nível mais extremo de funcionamento da máquina... Porque ele ia saber. A devoção do russo pela máquina era tão ardente, e a sua fortuna tão descomunal, que ele tinha duas: uma na casa na neve, outra na casa de praia. Para isso tinha contribuído com o financiamento da patente e das pesquisas de uma equipe de cientistas soviéticos.

Na manhã em que a encontrou remexendo a caixa de primeiros socorros na cozinha, enquanto um canadense que ela tinha conhecido na noite anterior uivava de dor de cabeça na cama, ele mesmo o levou até a máquina, fez com que se deitasse dentro dela e apertou um punhado de botões. O rapaz demorou dois minutos até relaxar, cinco para cair no sono e vinte para sair da máquina com um sorriso no rosto. A única coisa que não podia controlar era a própria mortalidade, lhe dissera o russo naquele dia, por isso é que ele contribuía com qualquer causa que lhe conferisse uns anos a mais de vida.

O quarto do russo era um ambiente de quase duzentos metros quadrados, um terraço de sonho com janelões em todas as paredes, que compreendia o dormitório, o closet, um banheiro com jacuzzi e a máquina, tudo posicionado de maneira cenográfica. Ismael demorou alguns minutos a mais do que a Baixinha para chegar até lá, e quando chegou estava sem ar, os seus braços tremiam e o rosto estava vermelho pelo esforço de carregar o Alho no colo. A máquina era uma cápsula oval, branca, lustrosa, que ao se abrir lembrou os dois das camas de bronzeamento daquele lugar no Once que eles de vez em quando limpavam em troca de alguns pesos. Embora lá, obviamente, tudo fosse precário, cafona e barulhento... já a máquina era uma mistura exata de sala de cirurgia e nave espacial. Ismael recostou o Alho no lugar que a atleta indicou, enquanto ela foi buscar o manual de instruções para iniciar o programa necessário, aquele que induzia o sistema imunológico a se defender de um agente estranho.

– A gente tem que fazer uma sessão a cada três horas, pelas próximas doze horas.

– Doze horas? Como assim doze horas?

– A máquina só funciona com séries de repetição.

– A gente não pode ficar aqui doze horas.

– Se for fazer bem pra ele, eu fico – disse a Baixinha.

Ismael olhou para ela atônito. O celular que estava no seu bolso, quase sem bateria, queimava na palma da mão.

– Eu fico – repetiu a Baixinha.

A atleta interveio:

– Ninguém vem aqui até segunda. Vocês vão poder descansar um pouco.

Boquiabertos, eles a observaram deslizar os dedos sobre um teclado no interior da máquina. Quando a porta da cápsula começou a se fechar, a Baixinha teve que resistir ao impulso de detê-la.

– Quinze minutos e eu tiro ele – disse.

A vibração da máquina era um ronco suave e grave, como uma ladainha de igreja. A atleta se sentou em um tapete de veludo sobre o qual a máquina fora posicionada. Esticou o corpo para abrir a porta de uma cômoda, da qual tirou uma garrafa de vodca e três copinhos de cristal. Serviu dois dedos daquele xarope transparente, espesso como mel. Ismael abriu a boca para recusar, mas a Baixinha já tinha virado a dose antes que ele dissesse qualquer palavra. O sol terminava de se pôr no horizonte, produzindo nela um efeito inebriante. Jamais imaginaria que existia no mundo um lugar assim.

– É verdade mesmo que isso te curou? – perguntou para a atleta.

– O meu punho?
– É.
– Não curou completamente...
Levantou a mão, girando o punho devagar.
– Mas me permitiu continuar jogando.
– Há quanto tempo você usa?
– Quatro anos. Mas o meu tratamento é mais leve.
Serviu outra rodada de vodca.
– O do seu irmão é...
Procurou uma maneira suave de dizer mas não encontrou.
– ...mais agressivo.
Vendo a forma com que olharam para ela, mudou de assunto:
– Vocês estão com fome?
– O que quer dizer agressivo? – perguntou Baixinha.
A atleta se levantou.
– Tem carne na geladeira – disse.
A Baixinha, calma, estendeu o braço e apanhou a espingarda.
– Melhor você ficar aqui.
Disse sem violência, sem estridência, sem se levantar.
– O que você tá fazendo?
– Faz o que ela tá falando – disse Ismael – Melhor ficar.
A atleta olhou para um depois para o outro.
– Mas eu tô ajudando vocês...
– Se você vai na cozinha eu vou junto – disse a Baixinha.
– Como você quiser. Vamos.
A atleta deu uns passos em direção à escada, tão atrapalhada com a súbita mudança de tom que parou ao ver a Baixinha vindo atrás com a espingarda pendurada no ombro. Olhou para Ismael e apontou a máquina.
– Daqui a alguns minutos a sessão vai terminar.
– O que eu faço?

– Não toca em nada. Não tira ele daí.
Ismael assentiu, absorto na etiqueta russa da vodca.
– O que quer dizer agressivo? – insistiu a Baixinha, um piso abaixo.
A atleta parou e se virou para olhar para ela. Com a espingarda nas mãos, não parecia tão nova, nem tão frágil.
– Você sabe o que é o sistema imunológico?
– Não.
– E glóbulos brancos?
– Não sei nada. Mas eu aprendo rápido. Explica.
A atleta sorriu.
Apesar de tudo, ia com a cara da Baixinha.
– A máquina melhora o funcionamento do sistema imunológico. Os glóbulos vermelhos e os glóbulos brancos tendem a se agrupar durante uma doença ou uma intoxicação. A tecnologia de ondas eletromagnéticas deixa eles separados, melhora a circulação, o sistema linfático, o cardiovascular...
Fez uma pausa vendo a perplexidade da outra.
– Tá entendendo o que eu quero dizer?
– Deixa ele mais forte – resumiu a Baixinha.
– Exatamente. Produz ondas de informação celular. Deixa ele mais forte.
Olhou para a espingarda.
– Abaixa isso – disse – Por favor.
– E por que você tá ajudando a gente?
– Porque eu não tenho nada melhor pra fazer.
Disse assim, sem rodeios.
– Eu tô entediada. E vocês me deram pena.
A Baixinha sorriu, gostou da resposta.
– Entediada – disse com um risinho.
– Às vezes sim.
– Sei, sozinha aqui o dia todo... Você faz o quê?
– A mesma coisa que vai fazer o seu irmão, e vocês, se deixarem eu ajudar: durmo, como, descanso. Eu vejo uns

filmes, jogo ping-pong, escuto música, vou na praia, uso a máquina... E às vezes eu fico entediada.

A sala de estar era no primeiro piso e a cozinha um andar abaixo. Chegava-se até ela atravessando um salão de jogos em cujo centro ficava a mesa de ping-pong, rodeada por poltronas de cinema, como se fosse um espetáculo. A atleta passou reto pelo salão, entrou na cozinha, deu a volta na bancada de mármore, abriu a porta dupla da geladeira cromada e tirou um pedaço de lombinho, que começou a cortar com uma faca elétrica.

Tudo era frio, novo, silencioso.

A Baixinha abaixou a arma.

– O russo quer você aqui pra casa não ficar vazia.

A atleta ergueu os olhos, surpresa com o comentário.

– Mais do que pra jogar ping-pong. Você é uma experiência pra ele.

– Qualquer coisa assim.

– E o meu irmão é pra você.

Disse sem raiva, sem cinismo, nem humor. A atleta apoiou a faca na bancada, pegou uma garrafa de leite e serviu três copos.

– Vai ser bom pra ele – disse.

– Sim. Mas é por isso. É por isso que você tá ajudando a gente.

Quando a lua apareceu, a casa se transformou em uma torre iluminada. Em todos os andares, as persianas elétricas desceram ao mesmo tempo. Quando a quarta sessão terminou, o Alho já respirava normalmente. Ismael acordou e se viu deitado no tapete, coberto com um edredom que parecia uma nuvem, do lado de uma bandeja com um copo de leite e um prato de carne. Comeu e bebeu sem respirar, depois ergueu os olhos ao escutar um ronronar baixinho: era o Alho, que estava dormindo na cama do russo, abrigado em lençóis de linho, o som do mar como uma canção de ninar. Em um relógio na cabeceira, Ismael viu que eram 3h40 da madrugada. Faltavam quatro horas para amanhecer. Quatro horas para estarem parados em frente ao buraco pelo qual tinham feito eles entrarem na estância.

Pegou o celular no bolso e ligou: tinha dois pontinhos de bateria. Através do barulho das ondas se filtrava um outro barulho... golpes secos, ritmados, risos, comemorações. Foi até o peitoril do vão que dava para o andar de baixo: os ambientes abertos, sem paredes, projetados como peças de tetris, deixavam ver partes de cada um dos andares, iluminados por lâmpadas que ligavam sozinhas quando escurecia.

O piso da sala tinha um quadrado de vidro pelo qual se podia ver, perfeitamente emoldurada, a mesa de ping-pong. Ismael sorriu excitado ao ver a Baixinha e a atleta engalfinhadas em uma partida, esquecidas de tudo. Cerrou o punho, vibrando com um saque magistral da Baixinha, que deu um ponto para ela. Nesse instante, escutou o barulho de uma mensagem de texto.

Baixou os olhos para a tela.

Me liga, leu.

Era uma mensagem antiga, de quatro horas atrás. Ismael obedeceu. Ligou para o único número gravado no celular. Atendeu o homem do porto.

– Onde vocês tão, moleque?
– A gente tá encoberto.
– Encoberto... onde?
– Numa caixa d'água.
– Tem certeza?

Ismael ficou em silêncio.

– Se rolou alguma coisa, me fala agora – insistiu o homem.
– A gente teve um problema.
– Que problema?
– Já tá quase resolvido.

Outro silêncio, agora dos dois lados da linha.

Ismael ouviu um motor, um motor que ele reconheceu como o motor da picape que os havia transportado de um lado para o outro.

– Onde vocês tão, fala.
– Na do russo.
– Número da casa, moleque.

Ismael deu meia-volta, se ajoelhou diante da mochila que tinha ficado em um canto do tapete, virou-a no chão e ficou revolvendo as coisas até encontrar o mapa. Abriu e procurou o número em vermelho sobre o terreno no limite oeste da estância.

– Nove.
– Procura a nove aí no mapa – disse o homem para alguém.

Ismael imaginou o chefe procurando no mapa. Embora só o tivesse visto por poucos minutos, recordava as suas feições com nitidez. Sobretudo a cicatriz atravessada no pescoço.

– Colada na do Mitre – ouviu-o dizer.

Ismael se apressou em esclarecer:

– A gente vai sair antes do dia raiar.
– Vocês vão ficar aí. Vai facilitar as coisas pra gente.

De repente não parecia mais irritado.

– Vocês tão sozinhos?
– Com a garota que convidou a gente.
– Do quê que ela sabe?
– Nada.
– Não tem mais ninguém na casa?
– Ninguém.
– E os caseiros?
– Só voltam segunda.
– Então vocês vão ficar.

Do outro lado da linha, o motor parou.

– Tão ali – escutou o chefe dizer, agora com muita clareza.

– Aqueles três? – perguntou o homem do porto.

– A menina e os dois gêmeos.

– Perfeito.

Subitamente pareciam ter se esquecido dele.

Ismael imaginou os homens parados no mesmo cais onde os buscaram; embora eles pudessem estar em qualquer outro porto, qualquer terminal rodoviário, qualquer ponto de ônibus, rodovia ou estrada de terra, observando três garotos como eles. *Se todo dia buscam gente assim*, pensou, *o litoral está todo dominado.*

– Tá aí ainda, moleque?

– Tô.

– Amanhã durante o dia não é pra pôr o nariz pra fora daí. Não é pra ir à praia. Não deixem ninguém ver vocês. De noite, façam a garota dormir um sono pesado. Depois vão pra praia e espera aparecer o moleque da outra vez, pra entregar o material pra ele. Ele vai te dar uma senha. É pra sua namorada decorar. Eles vão entrar na casa do lado pela praia, ela e o garotinho. Você espera eles entrarem e depois vaza.

– Como assim vaza?

– Vaza. Você vai entrar na três.

– A gente já entrou na casa três.

– Tô sabendo. Você vai entrar de novo.

– A gente já levou tudo.

– Eu quero você lá dentro de novo.

– Não tô entendendo.

– Qual parte que você não tá entendendo? Entra lá de novo!

– Não tô entendendo – repetiu Ismael, nervoso.

– Mas pela puta que te pariu, moleque! Você é idiota?

– Não.

– Tem certeza que não é idiota?

Ismael mordeu o lábio, estava com vontade de chorar.

– Então escuta só: eu quero que você entre na três e que eles percebam que você entrou. Enquanto isso o garotinho e a sua namorada vão estar com a senha na casa aí do lado. A gente vai dar um jeito de deixar um dos janelões da sala destrancado. Quando eles entrarem, o alarme vai disparar. O Guida falou que vocês tão treinados pra essas situações, ele mentiu pra gente?

– Não.

– Tá bom. Diz pra eles que é pra se esconderem e esperarem. O tempo que for. É pra esperar. Quando tudo se acalmar, eles vão subir pro segundo andar, até o quarto principal. É o único que tem lareira. Eles vão entrar no closet. Atrás dos sapatos da mulher tem um cofre. É pra abrir com a senha que foi decorada.

– Pega alguma coisa em especial?

– O que tiver lá dentro.

– Mas vocês estão atrás de alguma coisa em especial?

– A questão não é o que é pra pegar... é o tapinha na bunda.

Não disse mais nada.

Ismael não perguntou o que ele queria dizer.

– A gente nunca fez uma coisa dessa.

– Bom, pra tudo tem uma primeira vez. Se pegarem vocês, vocês são menores. Vão saber que tem um mandante, mas não vai ter nenhum nome. Vocês dizem que a gente tá com a estância cheia de moleques que nem vocês. Que mesmo pegando vocês, vai continuar chegando mais, entendeu?

– Sim.

O Alho abriu os olhos bem ao meio-dia do dia seguinte. Já vinha dando sinais de melhora: depois da terceira sessão a febre desapareceu, depois da quinta os batimentos se normalizaram por completo, depois da sétima começaram a dar água para ele, molhando os seus lábios com um algodão, como a atleta instruiu. Mas foi só com a nona que o seu corpo começou a ganhar a queda de braço com o veneno. Para comemorar, a Baixinha e a atleta trouxeram para a cama uma bandeja com outro prato de carne e uma garrafa de leite que elas misturaram com vodca. Ismael ouviu as duas subindo as escadas correndo, ainda sem dormir pela mistura de carne, vodca, maconha e ping-pong. Ficou sem reação quando a Baixinha mostrou um pote em que enfiou o indicador e tirou o dedo granulado de bolinhas vermelhas minúsculas.

– É ovinho de peixe – disse – Prova.

Com uma careta de nojo, Ismael sentiu a explosão de um sabor amargo na boca e cuspiu tudo no tapete do russo. Não conseguia pensar em mais nada, porque tinha crescido sendo bucha de canhão: eles quererem separar o trio, mandando os mais fracos para o trabalho mais difícil o deixava com mais medo do que tudo que já tinham feito. Quando o alarme da máquina apitou mais uma vez, ele carregou o Alho até a maca. Foi a primeira sessão que ele fez acordado, olhando ao redor sem entender onde estava. A Baixinha o ajudou a sentar na maca.

– Você lembra do que aconteceu?
– Uma cobra me picou na caixa d'água.
– E depois?
– Não lembro.
– Quase que já era. Se não fosse essa máquina aqui.
– O que ela fez comigo?
– Te deixa forte. Pra você se defender sozinho.

O Alho sorriu, tão encantado com a resposta que relaxou o corpo para que eles ajustassem os cintos de segurança. A atleta fechou a porta da cápsula. Ficou observando o menino por uma janelinha que deixava o seu rosto à mostra: continuava a sorrir, olhando os raios e as vibrações que percorriam o corpo dele. Demorou para se dar conta de que o seu celular também estava vibrando, com um toque que só identificava o russo. Pôs um dedo sobre os lábios para indicar que os outros não fizessem barulho e atendeu.

– Привет – disse.

Era a única palavra que ela sabia falar em russo. Continuou a conversa em inglês, com o seu vocabulário limitado, enquanto andava em direção ao janelão e saía para a varanda que dava para o mar. Quando ficaram sozinhos, Ismael resumiu para a Baixinha as ordens que tinha recebido. Ela ouviu em silêncio, bebendo a mistura de vodca e leite com golinhos pequenos, enquanto mastigava um pedaço de gelo. Estava estranha, como se tivesse tomado uma decisão. Não disse nada quando Ismael informou que nessa mesma noite eles tinham que apagar a atleta e entrar na casa de Mitre pela praia, com uma senha, para abrir um cofre em uma casa cheia de gente. A sua única resposta foi dar a volta na jacuzzi, abrir as torneiras, esvaziar na água um pote de espuma de banho e tirar a roupa.

– O meu irmão quase morre na mão desses vagabundos.

Entrou na água sem ver se ela pelava ou não.

– Assim que ele puder sair a gente vai embora.

Afundou a cabeça. Ismael ficou olhando para a espuma, atônito. Depois mergulhou a mão e levantou a Baixinha pelo cabelo.

– Vocês vão pra onde?
– Qualquer lugar.
– Eles sabem do nosso ponto no Once.
– E?
– Vão vir atrás.
– Então a gente não volta pro Once.
– E vocês vão pra onde?
– Pro Norte. Eu tenho uns tios no Chaco.

Ela agarrou Ismael pelo casaco e puxou. Foi um movimento tão rápido que ele foi pego de surpresa: caiu de cabeça na banheira, com roupa, tênis e o celular no bolso. Quando pôs a cabeça para fora, furioso, estapeando a água, tossindo, se engasgando, ela deteve os seus golpes agarrando o rosto dele com as duas mãos para dar um beijo. Eles se atracaram, entre xingamentos e risos, enquanto ela procurava o zíper da calça dele embaixo d'água, para fazer urgentemente a única coisa que o amansava. Subiu em cima de Ismael e segundos depois o cavalgava, rindo, tão doce e suave que ele deixou.

– Você tá doida – disse, com a língua dela dentro da boca.
– E você é um cagão.

Ismael afundou o rosto entre os peitos dela e esqueceu de tudo. Quando ergueu a cabeça, extasiado, a atleta observava os dois da porta da varanda e o Alho, da maca.

A sessão já terminara havia uns minutos. A máquina tinha se aberto, fazendo-o se deparar com um embate tão selvagem quanto espumoso. Não era uma coisa que nunca tivesse visto antes, a novidade era o cenário. Esperou a irmã sair da água, deixando Ismael derrubado lá dentro, e se abraçou ao seu pescoço quando ela o pegou no colo, enrolada em um roupão preto do russo que ficava enorme no seu corpo. A atleta interrompeu a Baixinha ao ver que ela planejava botar o garotinho na jacuzzi com eles, e que o Alho tentava alcançar o copo de leite com vodca.

– Nem água quente nem álcool – disse.

Abriu o janelão da varanda, chamando os três.

– Vem ver isso, rápido!

Saiu sem esperar os outros.

Um pouquinho depois, quando escutou os gritos excitados da Baixinha e do Alho, que parecia ter se enchido de vida de repente, Ismael se apressou em sair da água, pegou uma toalha e foi atrás. Abriu a boca para perguntar o que estava acontecendo e a deixou assim, aberta, ao ver um rabo de baleia que saiu do mar de repente, desenhando um leque, antes de se incrustar na água com uma explosão. Nesse instante, outros dois lombos de baleia vieram à tona. Era uma fêmea e o seu filhote. Estavam a duzentos metros de distância, mas o dia tinha amanhecido com tempo aberto, céu e mar tão turquesa que não se distinguia o horizonte, e assim dava para ver tudo com nitidez. O Alho assistia ao espetáculo ainda abraçado ao pescoço da irmã. Desde que saltaram para aquela lancha no Tigre, o mundo havia se transformado em um lugar irreal.

As baleias eram para ele uma coisa tão distante quanto uma viagem para a lua. Deram sorte de vê-las, escutou a garota dizer, ela própria só tinha visto duas vezes nos últimos cinco anos. Migravam nessa época do ano e passavam umas poucas semanas no litoral uruguaio. Também escutou que o russo havia ligado para avisar que ela não deixasse entrar ninguém: os proprietários da estância tinham decidido contratar uma empresa de segurança privada, mas ele não ia se juntar a nenhuma decisão coletiva. Se fosse para ter homens armados dentro da estância, trazia os seus de Moscou. As palavras da atleta não foram inocentes. Intuía que eles podiam ter alguma coisa a ver com o que estava acontecendo na estância. Já havia escutado dos roubos.

– Seria melhor vocês irem hoje à noite – disse – Pela praia.

A Baixinha concordou, agradecida.

Não era comum que alguém cuidasse deles.

Enquanto saqueavam a cozinha, a atleta ficou arrumando o caos que o trio fizera no último andar. Não desceu antes de deixar o quarto impecável. Embora os tivesse alertado que o garotinho não devia comer nada pesado nem se agitar muito, quando entrou na cozinha o encontrou virando uma garrafa de leite achocolatado pelo gargalo, como se fosse água. Ele já havia aceitado que teria que entrar na máquina a cada três horas pelo resto do dia. Porém, pelas quatro da tarde, quando o vento parou completamente e o mar se transformou em um espelho, pediu que o deixassem tocar na água uma última vez.

A Baixinha carregou o Alho nos ombros para ele não se agitar e os dois partiram rumo à praia com a atleta. O trato era ficar quieto, sentado debaixo do guarda-sol, tomando uma vitamina proteica que preparavam para ele entre as sessões, enquanto elas fumavam outro baseado. Com o tempo, foi esse o retrato da irmã que ficou gravado na sua memória: a última corrida em direção a ele, saindo do mar, molhada, drogada e feliz. A atleta lhe deu uma trombada que a fez cair no chão antes de chegar ao guarda-sol.

Pareciam velhas amigas.

A Baixinha agarrou o tornozelo da outra e a derrubou também, e as duas se engalfinharam no chão antes de se arrastarem, atarantadas e cobertas de areia, até a sombra. Ninguém poderia imaginar que um dia antes uma apontava uma espingarda para a outra. Seria tão lindo, escutaram o Alho dizer, se a vida fosse sempre assim. O comentário fez ambas explodirem em uma gargalhada, embora não houvesse nada além de ternura na voz da Baixinha quando respondeu:

– Você quase morreu, seu putinho.

Ismael estava esperando na cozinha quando eles voltaram, com três copos de batida de banana já servidos.

Observou em silêncio enquanto bebiam.

Esperou a atleta apoiar o copo na bancada, vazio.

– Obrigado – se apressou a dizer a ela.

– Já tá se despedindo por quê, seu pamonha? Vocês não vão embora ainda.

– A gente não... Mas você vai.

A atleta ficou com o sorriso congelado no rosto.

– O que você fez? – ainda chegou a perguntar.

– Você vai dormir um bom tempo. A gente tem que trabalhar.

A Baixinha compreendeu o que Ismael tinha feito ao ver a outra se agarrar à bancada... Ela resistiu mais do que outros, porque o seu corpo era forte: levantou, buscou apoio na parede, cambaleou, se sentou em outro banco, caiu no chão, ficou de quatro e, quase inconsciente, demorou alguns minutos para se entregar ao sono. Arrastaram o seu corpo até o salão de jogos e o acomodaram em uma poltrona. O Alho trouxe uma manta para cobri-la, embora ela suasse. Quase ao mesmo tempo, a Baixinha segurou Ismael ao ver que ele revistava os seus bolsos para pegar o celular.

– A gente vai precisar. O que eles deram estragou por sua culpa.

– Dela a gente não leva nada. Ela cuidou da gente.

– Tem uma foto nossa.

A Baixinha pegou o celular da mão dele, procurou a foto em que os três sorriam para a câmera parados em frente à máquina e apagou. Tinham tirado a pedido do Alho... Para acreditarem nele depois. Era a única foto que os três tinham juntos. Era a única foto que eles tinham.

– Tá bom pra trabalhar? – perguntou para o Alho.

O irmão fez que sim.

– Então vamos. Vamos acabar logo com isso.

O garoto estava lá, esperando com o cavalo na praia.

O mesmo garoto, montado no mesmo animal. Repetiu a senha até eles memorizarem.

Quando ficaram sozinhos, partiram para o casarão de Mitre. Os ambientes iluminados os deixaram contar sete pessoas: um casal mais velho e outro mais jovem comiam na sala de jantar, atendidos por duas empregadas de uniforme. Uma menina brincava sozinha no andar de cima. Já tinham repassado as instruções com a Baixinha: era aqui que eles se separavam.

9

O homem estava de costas, vestido de terno, ajustando a gravata no espelho do *hall* de entrada. A Cocó cruzou o *hall* a bordo de seus patins e deu um rodopio ao vê-lo. Sabia que estavam esperando o moço. Tinha ficado escutando a discussão dos donos na sala de jantar, até que o seu papai viu que ela espiava e mandou ir brincar. A Cocó calçou os seus patins de quatro rodas e se ocupou de dar voltas pela casa, deslizando sobre um piso de teca tão encerado quanto uma pista profissional. No meio de uma pirueta viu chegar um carro preto, do qual saiu o homem de terno. Ele também a viu, viu o seu corpinho enfronhado em um maiô azul-turquesa, mas só olhou com atenção minutos depois, quando ela se aproximou por trás no *hall*. Então levantou a vista através do espelho e sorriu, sem sair do lugar. A Cocó arregalou os olhos como dois ovos fritos: foi justo quando viu que uma cicatriz atravessava o pescoço dele de um lado a outro, bem em cima do pomo de adão.

– Como é que você fez isso? – sussurrou.
– Isso faz tempo.
– Quando você era criancinha?
– Muito criancinha.

– Que nem eu?
– Quantos anos você tem?
– Seis. Mas eu vou fazer sete daqui a doze dias.
– Quando eu era igual você – disse o homem.
Virou para ela, sem sair do lugar.
– Vim ver o seu vô.
– Ele tá reunido com os donos.
– Eu sei. Eles estão me esperando.

A Cocó deu mais um rodopio para fugir do olhar do homem. Aproveitou para se afastar meio metro.
– É o moço que vai cuidar da gente? – perguntou.
– Eu e mais alguns outros.
– Vocês têm arma?
Ele sorriu. Ela sorriu de volta.
Já tinha caído um dente de leite.
– Como é que você sabe de tudo? – perguntou o homem.
– Eu sei de tudo o que acontece aqui. Eu nasci aqui.
– Nessa casa?
– Nesse país.

Os passos que se aproximavam o obrigaram a recuar também, tão magnetizado que estava por aquela ninfeta que o seu corpo já tinha começado a se inclinar para frente. Ao encontrá-lo com as mãos apoiadas nos joelhos para ficar na mesma altura da filha, o pai da Cocó se detuve na porta envidraçada do *hall*. Vestido com uma camisa polo azul-celeste, calças cáqui e alpargatas de marca, tinha aspecto e atitude de dono, embora não fosse mais que o genro do dono do jornal mais poderoso do país.
– Ficou esperando muito tempo? – perguntou.
O homem ergueu os olhos para ele.
– A tua filha me recebeu muito bem.
Havia entre eles uma confiança de velhos conhecidos.
– Cocó, o papai desse moço foi o guarda-costas do seu vô.
Ela olhou para ele e depois para o outro, fascinada.

— É sério?
— O papai e eu nos conhecemos desde sempre.
— Como assim desde sempre?
— Desde que ele começou a namorar a sua mamãe.
— Agora vá brincar lá fora.
— Tchau, Cocó.

Ela lhe dedicou um último rodopio, meteoricamente apaixonada, que ele elogiou com um assovio de admiração. Usou esse impulso para disparar em direção à cozinha. Levantou os braços para atravessar a porta entreaberta sem encostar nela e ficou por lá, deslizando sobre o piso de mármore sem fazer o menor ruído.

— Trouxe o que eu te pedi? — escutou ele perguntar para o seu papai.
— Claro.

A Cocó esticou o pescoço para enxergar a transação por cima da bancada: conseguiu ver que o homem lhe dava uma arma.

— Está carregada. Você saber usar?
— Mais ou menos.
— Quando eu começar a trabalhar aqui te ensino.

O seu papai sorriu para ele, colocando uma mão sobre o seu ombro enquanto a outra, sem jeito, tentava guardar a arma na cintura. O homem interrompeu e tirou a peça das mãos do outro.

— Melhor deixar aqui — disse — Depois você guarda.

Apoiou a arma em uma prateleira alta da biblioteca, sobre três tomos das obras completas de Borges, que ninguém na casa tinha lido. Foi a última coisa que a Cocó escutou. Mas viu uma outra coisa ainda, uma coisa que o seu papai não viu, porque foi anunciar o homem na sala em que os donos estavam reunidos. Quando ficou sozinho, o homem se aproximou de um dos janelões da sala de estar e abriu só um pouquinho. Um instante depois o seu vô veio cumprimentá-lo. Deu um tapa na nuca dele e o deixou passar.

A Cocó saiu para o deque e deu a volta na casa.

As persianas fechadas quase não permitiam que ela enxergasse do lado de dentro. Os vidros blindados a deixaram escutar muito poucas frases. Falavam de guaritas, cercas elétricas, controle dos portões e da praia. O homem estava parado diante deles todos. Escutava e respondia, calmo, seguro, olhando nos olhos. Muitos já estavam convencidos, alguns poucos ainda desconfiavam. Quando a discussão subiu de tom, o seu vô começou a discutir aos gritos com o avô da casa três: ele continuava defendendo que todo mundo vivesse sem segurança mesmo depois de entrarem na casa dele e ficarem perambulando entre os seus netos adormecidos...

– Você está rifando a sua família! – gritou para ele.

E por um instante pareceu que tudo ficou congelado.

Então o avô da outra casa foi para cima do seu vô com tanta raiva que vários homens precisaram entrar no meio, embora os dois tivessem mais de setenta anos. A Cocó entendeu que havia um perigo ali fora, um perigo do qual o homem da cicatriz podia defendê-los. Foi a sua mamãe que pediu calma. Ela também não estava convencida de militarizar a estância, disse. Precisavam pensar. O homem da cicatriz não pestanejou. Pediu permissão para se retirar. Porém a empregada doméstica que o conduzia até a saída fez um desvio e indicou o caminho do escritório, onde pediu que ele esperasse. Quando os outros proprietários foram embora, Mitre entrou sem olhar para homem, serviu dois copos de uísque e lhe deu um sem perguntar se queria beber ou não. Disse que odiava tomar decisões em grupo e que o preço não era um problema.

– Quando você pode começar a trabalhar pra mim?

– Hoje mesmo, se você quiser. Mando aqui dois seguranças.

– Não, não, eu quero que seja você.

Chegou mais perto da janela e apontou para uma construção.

– Pode se instalar na casa de hóspedes.

O homem da cicatriz ficou olhando para a casa, pensando a toda velocidade: não esperava que as coisas andassem tão depressa. Teria que fazer umas ligações para alterar os planos.

– Você consegue se mudar hoje mesmo? – insistiu Mitre.

– Precisaria buscar algumas coisas.

– Vai e volta. Nós não vamos estar aqui mais tarde, nós temos uma festa. Vamos voltar tarde. Mas alguma das meninas abre pra você.

Por meninas ele se referia às cinco empregadas domésticas, ou talvez à caseira, ou a alguma de suas três filhas, que também trabalhavam para ele.

– Não prefere que eu venha amanhã então?

– Não, não, hoje – interrompeu Mitre – Quero dormir tranquilo.

No caminho de volta, pisou fundo no acelerador para deter o menino do cavalo, encarregado de levar e trazer as mensagens. Mas o garoto já tinha saído para a estância quando o homem chegou ao muquifo em ele que morava.

Na casa da família Mitre a cena foi tensa.

A Cocó estava em silêncio, olhando para ele e depois para ela, sem entender por que ninguém falava com ninguém. O seu vô não conseguia olhar no rosto da filha: ela ter resolvido contradizer a sua proposta fora a pior traição. Já bastava precisar conviver todo verão com o inútil do genro, que havia arruinado a sua carreira política com uma lista interminável de frases infelizes que não fizeram nada além de deixar exposta a sua ideologia fascista. A Cocó nascera depois dessa derrocada, nos anos de exílio uruguaio, se é que se podia chamar de exílio aquela bolha de exclusivismo na qual só cruzavam com quem pensava como eles. Volta e meia, contudo, o passado vinha à tona: em um carro em movimento, caminhando na praia, entre duas gôndolas de supermercado ou em uma poltrona no cinema... Alguém o reconhecia e começavam os xingamentos. Era por isso que nessa noite a sua mamãe resistia a ir à festa anual do banco: até nos lugares mais inimagináveis o marido era esperado com cartazes. Mas eles insistiram que dessa vez não havia risco nenhum e por fim a convenceram. Foi um erro, obviamente. De madrugada, quando até os guardas já tinham tomado um golinho ou outro escondidos, três lanchas se aproximaram pela praia, com alto-falantes, faróis e cartazes que apontaram para o luxuoso hotel cinco estrelas à beira-mar no qual uma centena de pessoas vestidas de branco comemorava o final do ano. A Cocó estava dançando sozinha em um canto da pista quando ouviu o nome do seu papai e viu os barcos, os cartazes e os jovens que gritavam para ele com máscaras do seu rosto com um mesmo número na testa. Também viu o jeito com que o resto dos convidados ficou olhando para o seu papai, que estava rindo com os amigos enquanto tomava champanhe em uma das mesas do espaço vip, minimizando os ataques como sempre, até que veio o próprio Mitre e aconselhou que ele se retirasse para não estragar a festa dos amigos. Era uma ação engenhosa: por mar era a maneira mais lenta e difícil de expulsar os manifestantes. Embora tivessem chamado a prefeitura naval imediatamente, ela levaria um bom tempo para chegar e mais ainda para fazê-los ir embora. Na volta para casa não se falavam. A Cocó sabia que não fazia sentido perguntar: não responderiam. Quando chegaram, o caseiro estava esperando no caminho da entrada. O alarme tinha disparado, a empresa de segurança demorou mais de meia hora para chegar, mas enfim chegou, eles revistaram juntos a casa, não encontraram nada, uma porta da sala entreaberta e mais nada, e de qualquer forma já tinham avisado isso ao homem que o patrão contratou de tarde, disse o caseiro, que já estava a caminho.

    Pelo retrovisor, a mãe da Cocó viu que a filha escutava

os acontecimentos aflita. Ficou olhando os brinquedos que eles tinham mandado trazer dos Estados Unidos e que quase nunca usavam. Parou o carro. Pegou os saltos que havia tirado para dirigir e saiu do carro.

– Divirtam-se – disse – Eu vou dormir.

Antes que o seu marido conseguisse pensar em alguma desculpa, ela já se afastava, andando descalça sobre a grama recém-aparada. Também queria que alguém a embalasse até fazê-la esquecer de tudo. Enfiou a chave na porta e entrou.

Atravessou a sala sem acender luz nenhuma.

Bem na metade da escada um riso de duende a fez parar. Mais dois degraus e ela viu um garotinho patinando em círculos pelo *hall* central que dava para os cinco quartos. Estava com uma mochila rosa e alada, cheia de troféus de patinação. O susto de se deparar com aquela mulher que tinha aparecido de repente o fez perder o controle. Ela teve que se ajoelhar para segurar o menino e impedir que ele rolasse escada abaixo. O grito dela alertou os outros dois, que saíram correndo de um dos quartos. A garota estava com um dos sutiãs de renda da mulher por cima de uma regata dos Ramones. Ajudou o garotinho a se levantar e o empurrou para trás de si.

– A gente viu que não tinha ninguém e foi entrando – disse Ismael.

– A gente não é ladrão.

A mulher olhou para eles desconcertada: o maior devia ter quinze, a garota doze ou treze, o mais novinho a idade da sua filha.

– Tem mais alguém?
– Mais ninguém. Só a gente.
– Venham comigo.
– Vai chamar a polícia?

Era a primeira coisa que o garotinho dizia.

A voz dele, tão terna que era acabrunhada, fez com que ela se virasse.

– Vamos, venham – insistiu.

Quando terminou de descer a escada ficou a ponto de correr até o janelão da sala. Bastava um grito para avisar o marido, ou o caseiro. Mas não foi o que ela fez: acendeu algumas luzes, entrou na cozinha, abriu a geladeira e colocou as sobras do jantar e uma garrafa de refrigerante em cima da mesa. Ouviu os garotos descerem a escada cochichando: o mais velho queria ir embora, os outros dois estavam com fome.

O Alho foi o primeiro a sentar para comer.

A Baixinha o imitou.

– Vocês comam rápido aqui e vão embora – disse a mulher.

Os dois mais velhos também estavam com mochilas abarrotadas. Em uma delas, um pouco entreaberta, reconheceu alguns objetos.

– Vocês fazem isso sempre?

– Isso o quê?

– Entrar nas casas.

– Às vezes.

Ao ver que o carro estava chegando, ela saiu para barrar a filha, que já vinha correndo pelo deque em direção à casa.

Mas chegou tarde: do *hall* de entrada, a Cocó viu os três garotos comendo na cozinha. O mais novinho estava com os patins dela. E com a mochila dela, com os troféus de patinação dela.

– Mamãe... quem é? – perguntou baixinho.

A mulher não chegou a responder: ao ver o trio, o marido pegou a filha no colo e também agarrou a esposa pelo braço para tirá-la da cozinha.

– Pode me explicar o que está acontecendo?

– Leva ela pro quarto e desce que eu te explico.

– Não, fala agora.

– Eles entraram... mas tá tudo bem.

– Como assim entraram?
– Abaixa a voz!
– Entraram pra roubar?
– Nada! Eles estavam pegando besteira!
– Você tá de porre – disse ele, já sem abaixar a voz.
– São três pirralhos atrás de comida... O que você quer que eu faça?
– E se eles estiverem armados?
– Não estão armados.
– E se tiver mais alguém lá fora?
– São só eles.
– Mamãe, esses patins são meus – a Cocó interrompeu.
– Eu sei, meu amor. O menino vai devolver tudo pra você.
– Os troféus também.
– Tudo o menino vai devolver.

O Alho entendeu que essa última frase era dirigida a ele. Enterrou a vista no prato e continuou a comer, embora as duas olhassem para ele da porta.

Então sentiu o olhar da irmã.
– Tira os patins – mandou, sem parar de mastigar.
– E os troféus... por favor – disse a Cocó, com um fio de voz.

O Alho olhou para a Baixinha implorando misericórdia.
– Os troféus também, Alho.

Desceu da banqueta com um salto tão desajeitado que caiu de joelhos. Os patins complicaram a manobra: teve que se sentar para tirá-los. Depois, descalço, foi até a Cocó e entregou tudo para ela.

– Agora pro quarto – disse o homem, nervoso.

Mas a filha não se mexeu: olhava para o Alho como se fosse uma espécie em extinção. Estavam parados no limiar da porta da cozinha, um de cada lado, se olhando sem dizer nada. Tinham quase a mesma altura.

– Eles tão bons – disse o Alho.
– Quê?
– Os seus patins.

Havia alguma coisa desconexa no que estava acontecendo: as falas não eram adequadas à cena, nem a cena à idade dos protagonistas, nem a idade àquela variação entre violência e ternura...

– Já pro quarto, Cocó!

O grito fez a menina disparar escada acima.

– Você também – disse para a mulher, seco – Vai com ela.

Estava furioso; com eles, com ela, com o mundo inteiro. A mulher também ficou, e ainda estava com a mão suada quando um pouco depois a pousou sobre a testa da Cocó.

A canção de ninar que tocava em uma caixinha de música, a bailarina que dava voltas e mais voltas, as cores pastéis, a suavidade dos lençóis, nada disso teve nenhum efeito. Alguma coisa não estava bem, nem nessa casa, nem do lado de fora. A Cocó sabia, mas não entendia o que era. Quando a sua mamãe se reclinou para lhe dar um beijo, ela pôs as mãos na sua nuca e a trouxe mais para perto.

– Vão matar a gente? – sussurrou no seu ouvido.

– Não, meu amor. Dorme.

Deixou o abajur aceso e saiu do quarto.

No primeiro andar, o homem colocava em cima da bancada de mármore o que tinha encontrado nas mochilas: era um saque considerável, que incluía joias, roupas, sapatos, eletrônicos, objetos decorativos e prataria. Quando ergueu os olhos, os três garotos lhe fitavam sem parar de comer.

– Como vocês sabiam que a casa estava vazia? – perguntou.

Nenhum deles respondeu.

– Quem deu essa informação pra vocês? – insistiu.

– Você parece polícia com tanta pergunta – disse o mais velho.

– Eu estou perguntando porque um dia vocês vão se meter na casa errada e vão acabar levando bala. Vocês dois já são grandes, mas ele...

Deixou a frase pelo meio, porque escutou um carro se aproximando. Ismael também escutou, e a sua reação foi imediata: quando viu que o homem se virava para sair, deu um bico na porta da cozinha e o deixou do lado de dentro. Subitamente havia algo de selvagem no olhar dos três.

– Você chamou polícia, seu filho da puta.

– Não chamei ninguém.

– Foi a tua mulher. Por isso que vocês deixaram a gente fazendo hora aqui embaixo.

– Te garanto que não é polícia.

Para ele foi uma surpresa também.

Assim que o viu sair do carro, compreendeu que o sogro o havia contratado sem chegar a um acordo com os demais. O facho de luz de uma lanterna antecipou a aparição do caseiro e de uma empregada, que vieram recebê-lo. Ismael também viu a movimentação. Foi para cima do outro sem a mínima consciência de que ele tinha três palmos a mais de altura, e com tanta violência que o homem o agarrou pelo pescoço. Empurrou o garoto contra uma parede, e o afastou.

– É melhor ele ficar calmo, senão eu vou começar a me irritar – disse para a Baixinha.

E saiu para receber o recém-chegado.

– Uns ladrões de galinha – disse apontando para dentro – Três meninos.

O recém-chegado parou onde estava.

Viu que a filha de Mitre o observava de um janelão no segundo andar. Nada tinha saído como ele planejou: esperava vender o seu esquema de segurança para os donos das casas, dar ainda naquela noite um empurrãozinho nos que desconfiavam, receber a confirmação do serviço, tirar os três moleques da estância e depois desembarcar com a gente dele para que, finalmente, lá de dentro, as coisas ficassem mais fáceis. Também não esperava que nesse mesmo dia Mitre o contratasse.

Quando aceitou, quando disse para ele que podia voltar nessa noite, cometeu outro erro de cálculo: não chegou a tempo de dizer para o menino do cavalo que decidira cancelar o roubo e, mesmo assim, passada a meia-noite, depois da festa na casa da tia, fez a barba, vestiu outra vez o terno que tinha acabado de passar e dirigiu até a estância convencido de que aqueles garotos já tinham terminado o trabalho. Mas, claro, às vezes as coisas saem do roteiro.

– Eu cuido disso – disse.
– Tem certeza?
– Sem dúvida.

Ismael lutava com a janela da cozinha quando ele entrou. O Alho, sentado no chão, terminava de calçar os tênis. De modo que a Baixinha foi a primeira a reconhecer quem era. Não foi imediato: vestido de terno e barbeado parecia outra pessoa. Demorou para entender que esse homem que agora fingia não conhecer os três era o mesmo que os havia buscado no porto, o mesmo que os incumbiu do trabalho e que digitou todos os movimentos deles lá dentro.

– Não é por aí que vocês vão sair – disse para Ismael.

Ao contrário da Baixinha, foi a voz o que o garoto reconheceu primeiro.

– Vai ser comigo – disse o homem da cicatriz.

Ismael demorou menos de um segundo para encaixar as peças. No mesmo instante, soube que dessa eles não escapavam com vida.

– Daqui a gente não sai – disse para o dono – Com ele, a gente não vai.

– Ou vocês vão com ele ou eu chamo a polícia.

– Pode chamar.

O dono viu o medo nos olhos dos garotos. Eles se olhavam entre si como ratinhos à mercê de um predador.

– Chama a polícia – insistiu a garota.

O grito da esposa o deteve quando ele foi em direção ao telefone. Ela chamava o marido no segundo piso. Ele se aproximou para ver o que estava acontecendo: a mulher estava parada no último degrau da escada com lágrimas nos olhos.

– Vem aqui, por favor – sussurrou.

– Só um minuto.

– Agora, por favor, quero que você veja uma coisa.

O dono observou os garotos uma última vez.

Depois fez o que melhor sabia fazer: não ia sujar as mãos. Atravessou a sala apagando as luzes. No instante em que ficaram a sós, o homem se virou para Ismael.

– O que foi que eu te falei, caralho? – sussurrou.

– Pra gente entrar.

– Eu falei pra *eles* entrarem.

– A gente não trabalha separado. A próxima...

– Não vai ter próxima.

– Mas a gente não terminou o trabalho.

O homem olhou para ele comovido.

– Esse era o trabalho, você ainda não entendeu?

– Não, eu não entendi – disse a Baixinha.

– Fazer mal feito.

Foi até o Alho e o pegou no colo.

– Vamos, filhote.

Apanhou o tênis, como um pai apressado.

– Era o que vocês tinham que fazer: errar. Cometer todos os erros possíveis, pra permitir a nossa entrada. E então é isso: vocês já terminaram o trabalho. E fizeram muito bem.

Quando ele foi em direção à porta, a Baixinha tentou barrá-lo.

Tirou a faca guardada no bolso e levantou para ele, mesmo batendo na cintura do homem.

– Solta ele.

O homem ficou olhando para ela.

Sorriu.

— O Guida tinha razão afinal, vocês são dos bons.

Tirou a faca da mão dela com um golpe que a fez cair de joelhos.

— A única coisa que não tinha que acontecer era a gente se encontrar aqui.

Também agarrou a Baixinha para arrastar o trio até o carro, mas escutou passos na escada.

A mulher chegou a tempo de ver o conflito.

O garotinho chorando no colo do homem. A garota esperneando como se estivesse indo para o abatedouro. No entanto, foi o pânico nos olhos do mais velho que a fez entender uma outra coisa: eles se conheciam.

Foi como ela se decidiu.

Abriu o janelão que dava para a praia.

— Vão embora. Agora.

Disse olhando para o homem, não para os garotos.

— Eu disse pro seu marido que cuido disso.

— Não é você quem decide aqui — cortou ela, seca.

Tinha começado a ventar.

E tanto que cortina já chicoteava a parede.

Ismael e a Baixinha olharam para a praia que estava logo ali, tão escura que os faria desaparecer em poucos segundos. Mas o Alho continuava a se debater no colo do homem.

— Sem ele eu não vou — disse a garota.

O marido surgiu um pouco atrás, deslocado.

— Fica calma... Ele sabe o que tá fazendo.

— A casa é minha. Eu decido o que se faz e o que se deixa de fazer aqui.

— Vai deixar eles irem assim? Depois de tudo o que eles fizeram com a gente?

— O que eles fizeram?

— Entram na sua casa! Transam na sua cama! E ainda por cima você defende?

– Não foi com a gente que eles fizeram isso!
– Foi com quem?!

Ao ver a briga que de repente se desencadeou diante dos seus olhos, como um presente, um sorriso foi se esboçando no homem da cicatriz. Aproveitou a gritaria para seguir até a porta com o Alho. Sabia que os outros dois não iam embora sem ele. A Baixinha se pendurou na cintura do homem, berrando para que soltasse o irmão. Ismael tentou barrar o caminho, mas o homem o agarrou pelo pescoço e foi arrastando, ele também, para o deque, enquanto o asfixiava.

Um disparo interrompeu tudo.

Ismael olhou para a camiseta: tinha sangue, mas não era dele. No mesmo instante, a Baixinha desabou no chão. No meio da confusão, demoraram para ver a Cocó na escada. Ao seu lado, na mão esquerda, segurava a arma que o homem da cicatriz tinha dado para o seu papai nesse mesmo dia.

A mulher tirou o artefato das mãos da filha.

Segurou-a no colo e a apertou contra o seu corpo para que ela não visse o que tinha acabado de fazer. O homem soltou o Alho, pegou a arma e enfiou na cintura. Durante alguns segundos eles ficaram olhando a garota ensanguentada, como se não estivessem entendendo o que havia acontecido e nem o que fazer. O Alho foi o primeiro a chegar perto. Ajoelhou na frente dela, pôs uma mão sobre a ferida e acariciou o seu rosto.

– Deixa eu ver a sua amiga.
– Não é minha amiga, é minha irmã.

O homem da cicatriz passou a mão para ver a ferida. Tinha explodido uma bomba no seu colo: se viesse polícia os garotos iam falar. Tinha que tirá-los dali depressa, do jeito que fosse. Viu a mulher levantando o celular com a filha nos braços.

– Se você avisar, eles não vão te deixar em paz nunca mais.

A frase a deteve.
— Não é assim que se resolve isso — insistiu.
— Como é que se resolve?
— Vocês ficam aqui com ela. Eu me encarrego.
A mulher desconfiou apenas por um instante. Olhou para a garota deitada em uma poça de sangue, sobre a qual se ajoelhava o irmão. Depois disso desligou o celular e foi até a escada, apertando o rosto da Cocó contra o pescoço para que ela não visse nem escutasse nada.
— Me livra dessa quizumba — disse o dono.
— Traz a garota, eu cuido deles.
O homem da cicatriz sacou a arma e a usou para indicar o caminho a Ismael. Não precisou pastorear o garotinho: quando o dono levantou a irmã, ele os acompanhou em silêncio, dócil. Foi o primeiro a entrar no banco de trás, para acomodar a cabeça da Baixinha no colo.
Respirava com dificuldade, mas estava consciente.
O Alho limpou o sangue da boca dela.
— A máquina vai te salvar — sussurrou no seu ouvido.
Ela olhou para o irmão quase sem enxergar.
Já Ismael o homem teve que fazer entrar à força, porque ele resistiu até o último momento. Não era capaz de olhar para a Baixinha. Não era capaz de escutar como sufocava. Ficou de costas para ela e continuou dar socos e pontapés na porta, mas a trava infantil estava acionada.
Os homens conversavam muito próximos, parados ao lado do carro.
Ou melhor, o homem da cicatriz falava... o dono só ouvia. Ficava dizendo que sim igual a um robô. Eram instruções secas, precisas, como as que Ismael tinha recebido durante aquela semana. Falavam de limpar a casa: o piso, as camas, as portas... De tudo o que ia acontecer na manhã seguinte.
Depois ele foi andando para a casa.
O homem entrou no carro.

Arrancou.

Não acendeu o farol, e nem disse nada até eles chegarem no caminho principal da estância. Na reta de saída olhou para Ismael pelo retrovisor.

– Se você me ouvisse não ia estar aqui.

O farol alto de um carro ofuscou a visão dele.

Tinha parado no portão da estância. O segurança saiu da guarita para abrir. Quando iluminou o veículo com a lanterna, o homem da cicatriz percebeu que era Mitre. Fazia meses que planejava a logística de mandar para fora do país o Audi conversível do seu novo patrão. Encostou o carro e desligou o motor, ainda sem acender o farol. Não deu tempo de fazer muito mais que isso: o caminho tinha valas e cercas, desviar dessa reta de saída era impossível.

– Atividade agora, hein. Todo mundo quieto – disse, sem olhar para eles.

Estava com os olhos fixos no Audi, que já reduzia a marcha ao ver outro carro parado na beira do caminho. Correu para sair e ir ao encontro de Mitre antes que ele chegasse mais perto. Preferia poupar os patrões do espetáculo no banco de trás. Trancou o carro e apertou o passo. Naquela urgência de improvisos não ouviu o clique da tranca abrindo, como acontecia sempre que uma porta ficava mal fechada. Ismael, ao contrário, ouviu. Ouviu por baixo da respiração da Baixinha, do vento que soprava lá fora, do motor do outro carro.

Ouviu e soube que tinha uma última chance.

Uma só.

A última.

Guida sempre recitava um mesmo poema enquanto repartia os saques no terreno baldio: *Não se dê por vencido, se vencido*. Tinha feito os garotos decorarem, dizia que em certos momentos era bom ter alguma coisa na cabeça. *Não se sinta um escravo, até se escravo.*

Esticou a mão e abriu a porta. Era a porta que tinha ficado quase em cima da vala, do lado da cerca do terreno sem dono que ele já conhecia de cor, vários hectares para se esconder, hectares para correr sem olhar para trás, porque se corresse, se corresse por horas e por dias, iria chegar na rodovia, e no porto, e no rio. O Alho não conhecia metade das palavras, mas nas noites passadas no vagão ele as repetia, com veemência, sem parar, como se fosse uma língua desconhecida: *trêmulo de pavor, se pense valente, e arremeta feroz, de morte ferido.*
– O que é valente? – tinha perguntado para a Baixinha.
– Ismael.
– E feroz?
– Eu.
– E eu sou o quê, então?
– Trêmulo.
Ismael esperou o homem chegar até o outro carro.
O motorista abaixou o vidro escuro.
– Agora, Alho – sussurrou.
– Não. Eu vou com ela até o hospital.
Continuava a acariciar o seu rosto, embora ela tivesse fechado os olhos.
– Ele não vai levá-la pro hospital.
– Vai levar a gente pra onde?
– Pra lugar nenhum, Alho!
O homem estava de costas, conversando com o motorista. Mas podia se virar para eles a qualquer momento.
– Ela faria a mesma coisa – sussurrou Ismael, com urgência.
– Não. Ela ia ficar comigo.
Ismael tentou recitar a continuação do poema, mas já tinha esquecido tudo. Uma coisa com Deus e Lúcifer, que nunca choram e nunca rezam.
– Como queira – disse.
Ficou com a voz estrangulada e saiu do carro.

O Alho não olhou mais para ele.
Ouviu Ismael abrir a porta e atravessar a vala. Quando virou a cabeça, viu o outro se perder na escuridão da mata. Um movimento rápido fez com que olhasse para frente: era uma lebre, parada no meio do caminho. E olhava fixamente para ele como se intuísse a sua presença ali, tão só quanto ela, esperando.

https://www.facebook.com/gryphusgeek/

twitter.com/gryphuseditora

www.bloggryphus.blogspot.com

www.gryphus.com.br

Este livro foi composto na tipologia Minion Pro Std em corpo 11,5/13,8 e impresso pela Gráfica Psi7, miolo em papel off-set 90g/m² e papel de capa cartão supremo 250g/m².